Linda

LE FOULARD BLEU

DU MÊME AUTEUR

Un été sans histoire, roman, Mercure de France, 1973 ; Folio, 958.

Je m'amuse et je t'aime, roman, Gallimard, 1976.

Grands Cris dans la nuit du couple, roman, Gallimard, 1976 ; Folio, 1359.

La Jalousie, essai, Fayard, 1977 ; rééd., 1994.

Une femme en exil, récit, Grasset, 1979.

Un homme infidèle, roman, Grasset, 1980 ; Le Livre de Poche, 5773.

Divine Passion, poésie, Grasset, 1981.

Envoyez la petite musique..., essai, Grasset, 1984 ; Le Livre de Poche, Biblio/essais, 4079.

Un flingue sous les roses, théâtre, Gallimard, 1985.

La Maison de Jade, roman, Grasset, 1986 ; Le Livre de Poche, 6441.

Adieu l'amour, roman, Fayard, 1987 ; Le Livre de Poche, 6523.

Une saison de feuilles, roman, Fayard, 1988 ; Le Livre de Poche, 6663.

Douleur d'août, récit, Grasset, 1988 ; Le Livre de Poche, 6792.

Quelques pas sur la terre, théâtre, Gallimard, 1989.

La Chair de la Robe, essai, Fayard, 1989 ; Le Livre de Poche, 6901.

Si aimée, si seule, roman, Fayard, 1990 ; Le Livre de Poche, 6999.

Le Retour du bonheur, essai, Fayard, 1990 ; Le Livre de Poche, 4353.

L'Ami chien, récit, Acropole, 1990.

On attend les enfants, roman, Fayard, 1991 ; Le Livre de Poche, 9746.

Mère et Filles, roman, Fayard, 1992 ; Le Livre de Poche, 9760.

La Femme abandonnée, roman, Fayard, 1992.

Suzanne et la province, roman, Fayard, 1993 ; Le Livre de Poche, 13624.

Oser écrire, essai, Fayard, 1993.

L'Inondation, récit, Fixot, 1994.

Ce que m'a appris Françoise Dolto, Fayard, 1994.

L'Inventaire, roman, Fayard, 1994.

Une femme heureuse, roman, Fayard, 1995.

Une soudaine solitude, essai, Fayard, 1995.

Madeleine Chapsal

Le Foulard bleu

ROMAN

Fayard

pour Julie Saget

Something old
Something new
Something blue

Si pâle. Avec l'ossature à fleur de peau, à croire que la chair s'est mise à fondre, à s'estomper. Sophie contemple avidement ce visage de sa mère qu'elle n'a jamais vu ainsi et qui n'est là, elle peut le redouter, que pour peu de temps. Avant de s'absenter à jamais.

Mais aucune force au monde ne peut garder près de nous l'être que nous aimons ni lui conserver l'aspect qui nous est cher.

L'envie la traverse de prendre une photo. Rose, même émaciée, est si belle, sa figure tranquille auréolée de ses fins cheveux blonds épars sur l'oreiller.

Puis elle pense qu'il y a quelque chose d'indécent à photographier une malade, et aussi que sa mère répétait : « Enregistre dans ton cœur ce qui t'émeut ! Tous ces gens qui mitraillent à qui mieux mieux un paysage ou un événement, en réalité ne les voient pas ni ne les verront jamais. Le papier n'en rend qu'une illusion. C'est maintenant, c'est tout de suite que la réalité doit s'imprimer en toi... »

Elle était sûre d'elle, dans ces moments-là,

comme si elle se référait à une histoire vécue qu'elle aurait aimé transmettre à ses enfants. Une expérience d'amour. Mais les mots suffisent-ils ?

« Maman chérie », dit Sophie en se laissant tomber à genoux contre le lit.

Elle prend entre les siennes la main douce, tiède, qui réagit légèrement à sa pression.

Tant de choses que Rose lui a dites au cours de leurs années mère/fille, sans jamais insister, comme si elle ne voulait pas peser sur son enfant, ne s'en reconnaissait pas le droit.

Discrète, c'est le mot qui la caractérisait. Prête à se retirer si elle avait le sentiment de déplaire, d'ennuyer. Ne cherchant jamais à faire acte d'autorité, à s'imposer, à prendre la place de quelqu'un.

« Maintenant encore, se dit Sophie, Maman a attendu que Papa soit mort pour tomber malade, comme si elle ne voulait pas le remplacer auprès de nous... »

La porte s'ouvre doucement et Patrick passe la tête.

– Ça va ? lâche-t-il en tâchant de dissimuler son angoisse.

Sophie sourit à son frère. Ça va, puisque leur mère est toujours là. Mais pour combien de temps ? Le médecin les a informés : « Sa dépression est sévère et je ne parviens pas à l'en tirer. Autant qu'elle soit chez elle. Chez vous. Elle y est sûrement mieux qu'en clinique. Voulez-vous une garde ? – Non, a répondu Sophie. Je peux m'en charger. »

Il n'y a pas de soins à faire, seulement à

attendre. Deux fois dans la journée, une infirmière vient faire la toilette de la malade, préparer ses médicaments pour les prochaines heures. Parfois installer une perfusion.

Sans avoir eu à le consulter, Sophie sait que Patrick préfère qu'il en soit ainsi. Pas d'étrangers entre eux. Toutefois, le jeune homme n'a pas la force de rester tout le temps dans la chambre, aux côtés de sa mère qui paraît insensible à sa présence. Il s'échappe, va marcher au rez-de-chaussée, dans le jardin. Peut-être pleure-t-il.

« Ne pleure pas, ce n'est pas triste ; si je meurs, je retrouverai ton père... », lui a dit Rose alors qu'elle était encore à la clinique.

À Sophie, une fois seules, elle a déclaré : « En fait, je ne suis pas du tout triste de m'en aller, je suis même contente, je n'ose pas le dire à ton frère, il ne comprendrait pas, il penserait que je l'abandonne. Mais, tu sais... » Puis, quittant sa fille du regard et contemplant le ciel par la fenêtre : « ... je crois que j'en ai assez – Maman, tu n'es pas du tout en train de mourir ! Ce n'est qu'une dépression... », s'est insurgée Sophie.

« Une dépression peut être gravissime, et il arrive que certaines personnes ne s'en remettent pas, a souligné le médecin. Pour ce qui est de votre mère, je ne comprends pas, elle est en bonne santé physique, mais on dirait qu'elle ne se défend pas... »

Quand leur mère s'est-elle jamais défendue ?

Enfant, on prend ses parents comme ils sont. Pour en profiter – ainsi en a-t-il été de leur père, si chaleureux, si entraînant – mais aussi pour en souffrir. Sans même le savoir ni le comprendre. Il faut être devenu adulte pour arriver à mettre en mots les impressions profondes que nos parents nous ont procurées.

Rose, si bonne, si sensible, a toujours été un cœur, se dit Sophie. En même temps, elle leur semblait ailleurs. Un trait lui revient : il fallait toujours que leur père appelle sa femme deux fois pour qu'elle réponde : « Rose, Rose... » Comme s'il s'agissait d'un prénom double.

Malgré elle, Sophie s'y essaie : « Rose... »

La femme aux yeux fermés ne bouge pas.

Alors la fille répète d'un ton presque irrité : « Rose, Rose ! »

Rose ouvre les yeux. La regarde, comme surprise : « C'est toi, mon petit ?... »

À qui s'attendait-elle ?

Puis elle chuchote, avec ce sourire illuminé de l'intérieur que Sophie lui connaît quand elle s'apprête à prendre la parole, comme si elle allait soudain confier quelque chose de surprenant, d'extraordinaire. Puis cela débouche sur une banalité qui, bizarrement, ne paraît pas en être une pour elle.

– Puis-je te demander quelque chose ?

– Bien sûr, Maman, que veux-tu ?

– Mon foulard bleu, s'il te plaît. Va me chercher mon foulard bleu...

Une fois de plus, Sophie est déçue par la modestie, pour ne pas dire le dérisoire de l'exigence.

« Pourquoi se suffit-elle de si peu ? » déplore-t-elle en se relevant.

Ce foulard bleu a son histoire secrète qui remonte au temps des vacances d'été dans le Midi. Cet heureux temps.

Le plus souvent, parents et enfants ne rentraient pas déjeuner, se contentant d'un sandwich aux dimensions colossales lorsqu'il s'agissait de la spécialité du pays, le pan-bagnat, mangé à l'abri du parasol, entre deux bains de mer et de soleil.

Tous quatre appréciaient cette vie libre, frugale, presque sauvage. Ne regimbait que la peau de Patrick, blonde et fragile, surtout si l'on voulait éviter les affres des coups de soleil.

Le soir, ils dînaient sur la terrasse de la maison louée, dans les derniers rayons de l'astre se couchant sur la mer, heureux, détendus, n'aspirant qu'à une chose somme toute fort simple : l'éternité.

Pour ce repas de fin de journée, le menu se révélait un peu plus élaboré : salade composée, riz, tomates au four, fromage de chèvre, compotes, pains divers, rosé du pays.

Ce matin-là, en débarrassant la table après le petit déjeuner, Rose déclare :

– Partez sans moi, je vais faire un tour au marché, puisqu'on est jeudi. Je vous rejoins d'ici une heure.

– Tu ne veux pas que je t'accompagne ? propose Daniel

– Non, chéri, j'ai besoin de très peu de chose, et il fait si beau ! N'oublie pas que tu repars samedi. Profites-en...

Patrick s'occupe déjà d'arrimer ses palmes et son masque de plongée sur sa bicyclette. Sophie sort le parasol qui leur sert de tente à l'heure de midi.

– J'emporte ta serviette et ton sac de bain, ne les cherche pas ! annonce-t-elle, toujours prévenante avec sa mère.

– Merci, ma chérie.

Rose se promet de lui rapporter l'une de ces fanfreluches qu'on trouve sur les marchés : barrette, peigne, pince pour retenir ses cheveux auburn, épais et ondulés comme ceux de son père. Sophie les porte longs, coiffés en queue de cheval, en nattes, ou répandus sur ses épaules, ce qui fait dire à Daniel : « Ce n'est pas une fille que j'ai, c'est un top-model ! Elle n'a jamais le même *look* ! C'est à peine si je la reconnais d'un jour sur l'autre... »

Patrick, lui, a hérité du teint, des cheveux, des yeux bleus de sa mère. « Celui-là, c'est le fils-à-sa-maman tout craché, dit aussi Daniel. Ils sont scotchés l'un à l'autre ! Heureusement que je ne suis pas jaloux... »

Rose part la première, son panier au bras,

excitée comme une femme qui se rend en ville sans trop savoir ce qu'elle va trouver ni qui elle risque de rencontrer. Car on ne fait pas qu'acheter sur un marché, on parle, on se mélange, on est avec les autres.

Se réjouissant de l'imprévu qui l'attend, ne fût-ce que sur les éventaires, elle avance d'un pas souple le long des rues ombragées.

Sa jupe rose flotte en corolle dans le vent doux de l'été.

C'est en ouvrant le placard pour y prendre son short que le rose délavé de la robe lui a sauté aux yeux. En même temps, elle a aperçu son visage dans le petit miroir fixé à l'intérieur de la porte du meuble. Elle a eu envie d'associer ce frêle coloris à son hâle.

Le contraste entre son teint de blonde doré par le soleil et ce rose presque blanc d'être aussi pâle forme une dissonance que Rose apprécie. Sans doute parce qu'elle révèle un trait caché de son caractère : un besoin de s'affirmer, de se rebeller, peut-être de choquer.

Sous les platanes, les éventaires ocellés de ronds de lumière offrent un tel amoncellement de fraises, pêches, brugnons, salades, tomates, pommes de terre nouvelles, melons, fenouils, pâtissons, que Rose hésite à choisir. C'est à la tête de la marchande qu'elle se décide, attendrie par un vieux et souriant visage, par ces mains abîmées qui disent la familiarité avec la terre.

Elle a déjà rempli son panier de ces pochons faits d'une feuille de journal roulée en cornet lorsqu'une voix inconnue, agréablement timbrée, retentit dans son dos :

– Pardon, madame, mais il me semble que ce foulard vous appartient !

Rose se retourne sans être sûre que l'appel soit pour elle, mais aucun doute : elle reconnaît l'objet.

Son petit carré de soie bleue !

Le fétiche qu'elle portait en jarretière sous sa robe blanche, le jour de son mariage, afin de mettre toutes les chances de son côté en se conformant à l'adage : *Something old, something new, something blue...*

Elle s'était gardée d'avouer sa superstition à Daniel pour éviter que son « promis », l'ingénieur fraîchement émoulu de Centrale, ne se moquât d'elle.

– Merci beaucoup, monsieur, il a dû glisser, je ne m'étais pas aperçue que je l'avais perdu...

– Il gisait dans l'allée. C'est en étudiant les toilettes des femmes alentour qu'il m'a paru ne s'assortir qu'à votre robe rose et à votre teint...

Rose sourit à ce qui sonne comme un compliment.

– Je l'ai choisi exprès pour accompagner ma tenue. Il n'est pas tout neuf, mais j'aurais été désolée de l'avoir égaré : un vieux souvenir...

– *Something blue...*

– Pardon ?

Rose regarde plus attentivement cet homme qu'elle ne connaît pas. De taille moyenne, très chevelu, un peu fort, il semble au courant de ses pensées. En plus, il s'attarde ! D'habitude, quand quelqu'un vous rend ce que vous avez laissé tomber et qu'il vient de ramasser, cela se passe à la vitesse de l'éclair, chacun est pressé de s'éloigner et de poursuivre sa route...

Il faut dire que Rose, encombrée par ses achats, n'a pas trouvé le moyen de reprendre son foulard : en plus du panier, elle a dans un pochon le kilo de fraises à peser ; son autre main tient un sac en plastique contenant le poisson ; sous son bras, une baguette de pain.

L'homme, dont le regard est vif, a dû évaluer son embarras ; il plie en triangle le petit carré bleu, puis s'approche d'elle : « Vous permettez ? » Sans attendre la réponse, il le lui noue délicatement autour du cou.

– La couleur exacte de vos yeux, reprend-il en la dévisageant.

Il est tout proche, il sent la lavande. Ses dents sont magnifiques.

Puis l'inconnu s'éloigne après l'avoir saluée d'une inclination de tête.

Rose le regarde partir. À grands pas, peut-être moins larges que ceux de Daniel, lequel a vraiment des jambes démesurées – sa « classe », lui dit-elle parfois –, mais la démarche est déterminée. Comme si cet homme, en quittant les lieux, savait parfaitement où il allait. Pourtant, il a les mains vides et Rose se demande ce qu'il fait au marché alors qu'il n'a rien acheté.

Puis elle se détourne, toute à ce qu'il lui reste à accomplir : payer les fraises, demander des pommes de reinette, le régal de Daniel.

Elle aurait dû prendre le chariot, elle se le dit chaque fois, mais elle n'aime pas tirer derrière elle ce petit deux-roues cahotant. Ça lui donne le sentiment d'être moins libre d'aller et venir, éventuellement de ne rien rapporter, ou très peu !

Ce qui se révèle toujours faux : les éventaires sont si tentants qu'elle ne résiste pas, en plus du nécessaire, à la fraîcheur odorante d'un bouquet de menthe, de thym, de basilic, comme à celle des cosmos ou du lilas. Ou des roses de jardin garnies de leurs piquantes épines.

Au moment où elle sort du marché, elle aperçoit l'homme qui monte dans un quatre-quatre. Une femme brune s'y trouve déjà avec, à l'arrière, un labrador noir. Souriant, l'homme se penche vers sa compagne, lui adresse quelques mots avant de faire démarrer son véhicule en douceur. Rose lui est reconnaissante de sa précaution : trop de conducteurs confondent les rues étroites des stations balnéaires avec des parcours de Formule 1, ce qui effraie bêtes et gens. Parfois les tue.

Au moment où le quatre-quatre la croise, l'homme fait à Rose, croulant sous ses achats, un signe de la main. La femme assise à son côté la dévisage sans curiosité. Son compagnon – son mari ? – lui racontera-t-il l'histoire du foulard bleu perdu et retrouvé ? Rose incline la tête pour caresser de la joue la petite soie chaude que l'inconnu a nouée en lui effleurant le visage.

Comme s'il lui en faisait cadeau.

Une question incongrue traverse l'esprit de Rose : la femme dans le quatre-quatre avait-elle les yeux bleus, elle aussi ?

Daniel a regagné Paris, mais il est entendu qu'il reviendra les chercher dans les derniers jours du mois d'août pour qu'ils rentrent en voiture ensemble.

Il leur téléphone tous les soirs, échangeant avec chacun ces petits riens du quotidien qui forment le code particulier d'une famille unie. Avec Patrick il parle sport, mer, plongée. Sophie le tient au courant des « mondanités », réduites mais sujettes à commentaires et à ragots, cette écume qui enchante les filles en développement. Avec Rose, Daniel parle de lui-même, de ses satisfactions ou de ses problèmes, c'est selon.

Rose connaît l'environnement professionnel de son mari comme s'il était le sien, bien qu'elle ne fréquente pas ses collaborateurs. Ils ont décidé ce cloisonnement d'un commun accord dès le début de leur mariage : au moins, que les soucis du bureau y restent ! N'empêche que Daniel ne peut se retenir de faire allusion à ce qui se passe sur son lieu de travail, ne serait-ce que pour expliquer pourquoi, certains week-ends, il rapporte tant de dossiers à la maison.

– Pour ce qui est de Mme Élise...

– Oui ?

– Elle a appelé au bureau : son petit-fils s'est fait une entorse et elle ne rentrera pas avant le mois prochain. Juste pour ton retour...

– Autrement dit, elle te laisse seul ?

– Ne t'en fais pas ! Je sais faire marcher la machine à laver et retaper mon lit... Quant aux repas, je les prends au-dehors.

– Pas tous, quand même ?

– Je rapporte aussi des plats tout faits, de chez le Chinois ou le Libanais, que je mange devant la télévision...

– Avec délectation, je présume ?

– Parce que je sais que cela ne va pas durer ! Pour autant, je ne me sens pas l'âme d'un célibataire...

Pourquoi Rose éprouve-t-elle comme un désintérêt ?

De jour en jour, elle a moins envie de prolonger leur conversation du soir. N'a-t-il rien d'autre à lui dire que ces détails ménagers – ou alors c'est pour parler du temps : il pleut, il fait trop chaud, pas assez... Cela va faire des années qu'au téléphone ils échangent de ces propos « d'entretien », en quelque sorte. S'ils ont plus important à se communiquer, ils attendent de se retrouver pour parler « entre vifs ». Veillant à ce que les enfants ne traînent pas dans les parages ; aussi parce qu'ils se comprennent mieux de cette façon.

Ainsi, le jour où ils ont craint – à tort – que

Patrick ne se soit laissé entraîner à fumer des joints après la classe...

Ou quand Sophie est tombée amoureuse d'un camarade plus âgé, ce qui a eu pour effet de lui couper l'appétit à tel point qu'ils l'ont crue anorexique.

Ou lorsque Daniel est devenu jaloux de l'intérêt qu'elle portait à son ami d'enfance, un célibataire retrouvé par hasard dans la rue et qu'il avait introduit chez eux. Elle avait tellement ri de son inquiétude : « Mais c'est à cause de toi que je suis aimable, et aussi parce qu'il me raconte votre enfance, c'est-à-dire la tienne ! »

Exit André...

Et elle, Rose, est-elle jalouse ? Elle pourrait : les maris d'août, temporairement célibataires, ont une fameuse réputation... Et allez vérifier ! Tous se serrent les coudes dans le mensonge...

Étendue sur son matelas de plage, dans le bruit du ressac si discret sur la Méditerranée, Rose a beau imaginer des scènes, des déjeuners en terrasse, à la Grande Cascade, sous un parasol, aujourd'hui elle n'éprouve aucune anxiété. Il fait beau, les enfants sont heureux, rien ne la préoccupe.

Et si Daniel faisait une « vraie » rencontre ? Cela arrive quand un homme encore jeune, plutôt beau, déambule seul, l'été, dans une grande ville... S'il la quittait ? Le divorce est facile, de nos jours, presque à la mode...

Rose se retourne sur son matelas, exposant son dos au soleil calmé de fin d'après-midi. Il sera toujours temps de voir. D'aviser.

A-t-elle songé à remettre de l'eau dans le vase qui contient les petites roses, si résistantes, achetées au marché ? Elle s'en occupera en rentrant. Quant au foulard bleu, bien plié, il a regagné sa place habituelle sur une étagère du placard.

Le soir où Daniel débarque de Paris pour les ramener, Rose, au moment où la voiture s'immobilise, n'accourt pas aussitôt sur le seuil. Quand elle apparaît, c'est avec un torchon autour du cou, l'un de ces carrés de coton à fleurettes que l'on fabrique en Provence, sur lequel elle s'essuie les mains. Confronté à son inhabituel manque d'élan, Daniel peut se dire qu'elle devait être à ses fourneaux, à surveiller la dorade qui commence à embaumer le laurier.

Après les embrassades, les questions d'usage sur le bon déroulement de son voyage, Rose retourne à la cuisine où Daniel la suit et se sert un verre de vin.

– Tu ne me demandes pas comment cela s'est passé ?

– Quoi donc ?

– Eh bien, la soirée pour le départ de Michonnet.

– C'est vrai, j'avais oublié... C'était bien ?

– Pas mal... Le champagne était bon – je

m'en étais occupé – et Mme Joly avait une de ces « mini »... C'est encore à la mode ?

– Quoi donc ?

– Les « mini », pour les « quinqua » ?

Ce n'est pas que Rose n'écoute pas, c'est qu'elle n'a pas d'images. Ce qu'exprime Daniel reste à l'état de phrases, de vocables, alors que, d'habitude, elle reconstitue en esprit ce qu'il lui raconte.

Daniel réagit par la plaisanterie à son indifférence :

– Je vois que tes vacances t'ont fait du bien, tu es totalement détendue, tout te glisse dessus... Je te rappelle quand même qu'on part demain vers cinq heures de l'après-midi. On arrivera ainsi au milieu de la nuit... Tâchez d'être prêts, vous autres ! Tout doit être regroupé devant la voiture...

Les enfants opinent. Charger la voiture est le domaine réservé de leur père. S'ils fournissent le matériel, ils ont intérêt à ne pas s'en mêler, encore moins à y faire obstacle par des oublis ou des ajouts de dernière minute...

Le lendemain, après un ultime bain que seul Daniel semble apprécier – les autres sont saturés – et un goûter qui doit leur tenir lieu de dîner, l'embarquement se révèle relativement rapide. Il est plus facile de rassembler ce qu'on a apporté, en ratissant dans les coins une maison louée, que de faire, au moment du départ, le choix de ce qui sera nécessaire pour tout un été.

Ils franchissent le portail quand Sophie

s'écrie : « Au revoir, maison, à l'année prochaine ! » Rose, assise devant, tend la main dans son dos pour saisir celle de sa fille : la petite est si sensible ; tout, avec elle, prend une âme, et chaque séparation lui fait mal. Sera-t-elle suffisamment armée pour la vie, laquelle n'est que ça, finalement : abandons, ruptures, deuils... ?

– L'année prochaine, dit Daniel, si on allait sur l'Atlantique, pour changer ?

– Oui, s'il te plaît, chic ! s'exclame Patrick. Comme ça, je pourrai faire du surf...

– Mais on n'a pas d'amis là-bas ! s'écrie Sophie au bord des larmes.

– On n'y est pas, ne t'en fais donc pas d'avance, intervient Rose d'un ton consolant. Pensons plutôt à la rentrée. C'est quel jour, ton premier cours ?

Depuis qu'ils sont nés, elle les rassure, les protège aussi les uns des autres, en y incluant Daniel. C'est un très bon père : il ne se donne pas le rôle du copain avec ses enfants, sauf lorsqu'ils jouent ensemble aux échecs, aux dames, au scrabble. Le reste du temps, il est avec eux l'animal dominant, même au ski ou au tennis, et même s'ils le battent, ce qui commence à être le cas de Patrick. Lui, le père, explique, tire la leçon d'un échec ou d'un succès, relativise.

Quelquefois aussi, il engueule, généralement à raison, comme lorsque Patrick a fait démarrer la voiture dont les clés – quelle erreur ! – étaient restées sur le tableau de bord, et cherchait à la faire avancer en faisant grincer les vitesses. Daniel était fou, ce jour-là, et Rose sentait venir les coups. C'est qu'au-delà de la route déjà dangereuse, il y avait une falaise donnant sur la mer, et que Sophie, toute petite, était dans le véhicule près de son frère.

Le père avait raison. En même temps, le fils qui, après tout, voulait faire comme lui, montrer à sa sœur qu'il devenait grand, qu'il avait su observer – quoique pas assez – les gestes à accomplir pour conduire, pouvait en rester traumatisé. Ne plus rien oser pendant des années. Sans doute aussi avait-il secrètement souhaité montrer à son père qu'il était capable de l'égaler, bientôt de le dépasser. Ce que Daniel, sans même se le formuler, avait subodoré et mal supporté.

Rose avait joué son rôle de mère : temporiser, calmer, remettre dans le droit chemin, celui du développement par étapes, sans heurts, évitant les mutations brusques ou trop précoces...

À l'entrée de l'autoroute, il y a déjà du monde, parti vers la même heure qu'eux. Les conducteurs doivent ralentir sur plusieurs files avant de s'emparer d'un ticket de péage. Machinalement, pour se distraire, les gens regardent qui se trouve dans la voiture immobilisée contre la leur.

Est-ce lui qui l'aperçoit le premier, comme le jour du marché, et est-ce son regard qui appelle le sien ?

C'est au choc qu'elle ressent dans la poitrine que Rose comprend que le conducteur du véhicule contigu au leur est son inconnu du foulard.

Autrement, sous la lumière rasante, dans cette autre voiture que le quatre-quatre, une Mercedes, elle aurait pu ne pas le reconnaître.

Comme il conduit et qu'elle est assise à la droite de Daniel, ils sont tout proches. Si elle baissait sa vitre, la sienne à lui l'étant déjà, ils pourraient se parler. Se toucher, même.

Elle n'en fait rien.

Par sentiment qu'il est inutile de manifester qu'ils se sont vus ? Ou à cause de cette paralysie qui s'empare de vous quand vous vous sentez mené par une force que vous n'avez pas choisie ?

Ils ne se sourient même pas.

Ce qui les lie à ce moment-là, ce n'est pas non plus la surprise – ont-ils cessé de penser l'un à l'autre ? C'est la complicité : immobiles, muets, ils sont tombés d'accord pour ne rien dévoiler qui pourrait être perçu de leur voisinage.

Ils se regardent, c'est tout. Toutefois, dans un geste inconscient, Rose porte la main à son cou où le foulard ne se trouve pas. Est-ce ce qui fait légèrement sourire l'homme, cette allusion muette à leur rencontre ?

La voie devant lui devenue libre, Daniel démarre le premier. Sans la regarder, il tend à Rose le ticket pris au distributeur.

S'il tournait la tête vers elle, il pourrait s'apercevoir de la pâleur de sa femme et lui demander si elle n'a pas mal au cœur.

C'est ce qu'éprouve Rose, en effet : mal à

son cœur, que comprime l'angoisse. Quelque chose de surnaturel s'est abattu sur elle, si puissant qu'elle ne cherche pas à le combattre.

La grosse Mercedes les double un peu plus loin, ce qui lui permet de constater qu'elle est immatriculée « 75 ». À travers les vitres fumées, elle ne discerne rien des passagers, éventuellement du chien qui doit voyager aussi à l'intérieur. Si elle a pu voir et reconnaître le conducteur, c'est que sa vitre était abaissée en prévision du péage.

La minute qu'a duré leur arrêt parallèle, il a gardé la tête tournée vers elle, ses deux mains appliquées sur le volant.

– En voilà un qui ne craint pas pour son permis de conduire ! s'exclame Daniel quand la voiture, les ayant rattrapés, puis dépassés, continue de les distancer.

– Tu sais bien, Papa, dit Patrick qui ne quitte pas la route des yeux, que les radars ne servent à rien quand il y a trop de circulation.

– Et les voitures de police banalisées, qu'est-ce que tu en fais ?

– Un jour de grand retour ?

– Ce serait le moment ou jamais, justement, pour éviter les drames. Dis donc, qu'est-ce que tu fabriques à te balancer dans mon dos ? Tu as bien accroché ta ceinture, au moins ?

Le père et le fils peuvent parler conduite automobile et véhicules indéfiniment. Ni l'un ni l'autre n'ont apprécié d'être doublés par la Mercedes, et leur irritation les rapproche encore.

Mais Daniel tenant à demeurer à peu près

dans les limites des vitesses autorisées, il est devenu banal qu'ils soient dépassés par ceux qu'il nomme les « fous » ou les « assassins ».

« Banalisé, banal » : les mots tintent à l'oreille de Rose. Ce qui vient de se passer est d'une banalité !

C'est elle, avec son esprit romanesque, qui cherche à en faire toute une histoire. Il n'y a pas d'histoire là-dedans.

Appuyant sa nuque contre le repose-tête, elle ferme les yeux. Ne s'endort pas.

« Quelle grande ville que Paris ! » songe Rose en remontant la rue de Rivoli dans sa petite Clio. Tant de gens, tant de voitures ! Tant de feux rouges, aussi. La circulation est perpétuellement entravée par ces hoquets qui obligent sans cesse les automobilistes à stopper.

Rose a désormais une nouvelle habitude : dévisager les conducteurs à l'arrêt comme elle ! Ou alors elle considère leur plaque d'immatriculation. Il n'y a pas tellement de 75 ; surtout des 92, 91, 93...

Si elle fait ça, se dit-elle, faussement innocente, c'est pour passer le temps, qui lui paraît long. Elle n'attend rien de spécial. Sa vie est rythmée par les vacances scolaires, l'arrivée du week-end, les projets de Daniel. Le dernier : trouver un appartement plus vaste, ou bien aller vivre en grande banlieue afin de bénéficier d'un jardin et d'un peu plus d'espace.

– Et moi, que ferais-je toute la journée ?

– Que fais-tu à Paris ?

– Je profite de la ville, des magasins. J'y ai des amis, je m'occupe de la bibliothèque...

– Il y a des bibliothèques municipales partout et on y sera ravi de t'avoir comme assistante bénévole. Quant aux amis, ils accourront le week-end pour prendre l'air chez nous !

Rose renâcle. Daniel n'insiste pas, sans doute retenu par l'idée de faire des heures de voiture matin et soir. Mais il faut bien songer à l'avenir, c'est le rôle d'un chef de famille. « Quand je serai à la retraite, dit-il parfois, j'aurai besoin de soleil pour réchauffer mes vieux os, on s'installera dans le Midi... »

La retraite ! Il y a des moments où Rose se dit qu'à trente-trois ans, elle y est déjà ! Son but dans la vie, sa « mission », Daniel et elle en ont décidé ainsi lorsqu'ils se sont mariés, c'était de mettre des enfants au monde. Des deux sortes : garçons et filles. C'est fait. Rose n'a donc plus d'autre ambition que de s'occuper d'eux jusqu'à leur départ de la maison. Encore quelques années, et plus personne n'aura besoin d'elle.

Sauf Daniel, évidemment.

Le plus dur, c'est de traverser la place de la Concorde, à cause des voies qui se dédoublent pour aller les unes à l'Étoile, les autres vers la Seine.

Et dans quelle lenteur !

Mais Rose cesse de s'impatienter quand c'est sur un pont qu'elle se trouve bloquée. Elle adore contempler le fleuve bordé de monuments et de ces péniches qui donnent le sentiment que, même à Paris, on peut vivre une vie libre, presque sauvage, comme sur la plage de leurs vacances.

Quand il fait beau – c'est le cas aujourd'hui –, il y a même des parasols sur le pont des maisons flottantes, des gens qui y mangent tranquillement. On les croirait en pleine nature.

Si Daniel lui proposait de vivre à bord d'une péniche amarrée sur la Seine au lieu de partir en banlieue, peut-être dirait-elle oui... Contempler l'eau couler en même temps que passent la vie, les jours, les heures, jusqu'à ce que...

Un coup de klaxon la rappelle à l'ordre : à son tour d'avancer, puisque le feu est passé au vert et la voie dégagée.

Trouver une place dans le parking de Saint-Germain-des-Prés n'a rien d'un exploit ; toutefois, elle est toujours contente d'y parvenir sans encombre, surtout lorsqu'elle peut garer sa voiture près d'une issue. Rose ressent toujours un malaise à se trouver en sous-sol.

Elle préfère les escaliers à l'ascenseur poussif, sentant l'urine, et c'est avec satisfaction qu'elle émerge sur le large trottoir – on savait bâtir les villes, autrefois –, face à la librairie de Paris qu'elle préfère : *La Hune*.

Elle va pouvoir examiner un à un tous les ouvrages exposés sur les tables réservées aux nouveautés et classés par catégories : romans, sciences humaines, livres politiques, mémoires, biographies. Puis faire un tour complet des rayons où l'on trouve encore cette rareté : l'œuvre complète d'un auteur disparu ou passé de mode. Sans compter les innombrables classiques dans diverses éditions.

En haut de la mezzanine, les livres d'art, des splendeurs que chacun peut consulter à sa guise, longuement, amoureusement, sans acheter pour autant.

Ce qui règne ici, c'est l'amour du papier imprimé.

« Pourquoi ne vas-tu pas chez *Virgin* ou à la *Fnac*, ils ont beaucoup plus de choix », lui demande parfois Daniel lorsque Rose lui raconte ses expéditions en librairie. Il lui faut réfléchir pour trouver la vraie réponse :

– Ces magasins-là gardent quelque chose des grandes surfaces. Ils sont éclairés à la lumière artificielle, sans fenêtres... Tandis qu'à *La Hune*, sur le boulevard, mais aussi au *Divan*, place Saint-Germain-des-Prés, ou chez *Gallimard*, boulevard Raspail, tu restes dans la lumière du jour. À travers les vitrines, tu discernes les flâneurs qui contemplent l'étalage et vont finir par entrer eux aussi...

– Tu entres dans une librairie pour acheter des livres ou pour voir du monde ?

– La lecture est ma passion, tu le sais bien, mais j'aime la partager.

– Passion ou amour ? répond Daniel en l'embrassant dans le cou, ce qui chez lui est signe qu'il veut passer au lit.

Au fond, c'est ma Mémé qui m'a projetée dans le monde de l'imaginaire et des livres, rien que par la façon dont elle me parlait des choses, surtout de l'amour ! pense Rose en poussant le tourniquet à l'entrée de sa librairie favorite.

Ce déplaisant appareil est installé contre le vol – hé oui, on vole aussi des livres ! – et c'est le seul reproche qu'elle trouve à faire à ce lieu où elle se sent si bien.

« L'amour, lui disait sa grand-mère en tournant sa cuillère en bois dans la casserole posée sur la cuisinière, c'est comme cette colle à papier que je te prépare pour tes découpages, avec de la farine et de l'eau...

– Que dis-tu là, Mémé ! protestait Rose.

– Cela permet d'assembler des choses qui n'ont rien à voir ensemble. Pour un petit moment, car, avec le temps, tout finit par se séparer...

– Mais, Pépé et toi, vous êtes toujours ensemble. C'est pas de l'amour ?

– C'est que je cuisine souvent de la colle, tu

n'as pas remarqué ? Dès que je sens mon vieux qui s'éloigne, je me mets au fourneau, et vite, c'est fait !

– Ta colle pour grand-père, c'est les bons petits plats ?

– Et autre chose... Tu comprendras plus tard. »

Un hiver, le Pépé était tombé malade. Le père de Rose partit le voir et, à son retour, la petite fille apprit que le vieux monsieur était mort. L'été suivant, quand elle avait revu la Mémé amaigrie, le visage ridé comme les vieilles reinettes, elles n'avaient plus reparlé de colle à la farine. Ni d'amour.

De toutes façons, Rose n'avait plus de questions à lui poser : elle avait découvert l'amour dans les romans.

Un monde prodigieux qui vous console de la vraie vie, car la réalité n'est jamais comme dans les romans : les gens que vous aimez ont l'air d'être avec vous, vous pouvez les toucher, les embrasser, mais soudain ils disparaissent comme le Pépé, puis la Mémé et quelques autres. Tandis que dans les romans, les héros, même s'ils meurent, ne vous quittent jamais. Ils sont éternels, se dit Rose en se faufilant entre les tables, les clients, les rayons, jusqu'à ce qu'elle ait atteint celui des classiques.

Elle a envie de racheter *Les Trois Mousquetaires* pour y retrouver son préféré, Athos. Ou alors *Sans Famille*, afin de s'émouvoir encore une fois, comme au temps de ses dix ans, sur la créature aimante et sans défense qui occupe un recoin si sensible de sa mémoire : le petit singe Joli-Cœur...

Ce livre-là, ils ne l'ont pas au rayon « jeunesse » de la bibliothèque de son arrondissement, elle a vérifié. Pourtant, les enfants de cette génération-ci, nourris de Zorro et autres Rambo, seraient enchantés de lire cette tendre histoire.

Je ne trouvais pas de nom à donner à cette créature bizarre que je voyais pour la première fois et que je regardais avec stupéfaction. Elle était vêtue d'une blouse rouge bordée d'un galon doré ; mais les bras et les jambes étaient nus, car c'étaient bien des bras et des jambes qu'elle avait et non des pattes ; seulement ces bras et ces jambes étaient couverts d'une peau noire, et non blanche ou carnée...

Rose tourne la page de l'ouvrage qu'elle a pris, ouvert au hasard, et qu'elle parcourt, debout entre les rayons.

– *Ah ! Le vilain singe ! s'écria Barberin...*

Quelqu'un vient de lire à voix haute ces quelques mots par-dessus son épaule, et Rose se retourne d'un bloc, irritée par l'indiscrétion.

C'est lui !

Que fait-il là, son visage tout contre le sien ? Elle ne l'a encore jamais vu d'aussi près : quelques rides, les poils de sa barbe déjà en passe de repointer. Un instant, elle se demande ce qu'elle doit faire : reculer afin de lui serrer la main ? l'embrasser ?

Elle opte pour l'immobilité.

– Je vous félicite, lui dit-il.

– De quoi ?

– Vous ne me demandez même pas ce que je fais là... ?

– Vous êtes venu acheter des livres, je présume.

– Bravo, Sherlock Holmes ! Mais je ne m'attendais pas à voir une jeune et jolie femme se gargariser d'Hector Malot !

Il a fait un pas de côté ; Rose en profite pour en faire un du sien.

– Vous vous attendiez à me trouver plongée dans quoi, exactement ? Cioran ? Modiano ? Le dernier Fémina ?

– Non, vous n'êtes pas une femme à la mode...

– Merci du compliment !

– Comprenez ce que je veux dire : vous avez vos goûts, vous suivez vos inclinations, vos propres choix... Et qu'est-ce que je vois dans votre main : Alexandre Dumas ? !

– Je travaille dans une bibliothèque et m'y occupe du rayon « enfants ».

– Vous savez ce que nous allons faire ?

– Quoi ? demande Rose, brusquement angoissée.

S'il lui disait : « Partons tous les deux jusqu'au bout du monde... », ou même : « Trouvons un hôtel... », elle serait capable de dire oui.

Elle, Rose Desvignes, qui n'a jamais trompé son mari. Ni personne.

– Nous allons payer et aller prendre un chocolat chaud aux *Deux Magots*. C'est le meilleur de Paris, vous ne devez pas l'ignorer, avec cette déjà longue vie sans moi derrière vous...

Rose sent sa poitrine se desserrer ; elle respire mieux, soulagée. C'est vrai qu'elle a eu peur. Mais pas de lui : d'elle-même.

D'où vient qu'elle puisse être à ce point désarmée face à un homme ? A-t-elle passé trop de temps dans les livres ?

En se dirigeant vers la caisse, l'homme saisit deux revues sur une table : *La Règle du Jeu* et *Le Débat*.

Il s'apprête à payer pour leurs achats, mais Rose s'interpose : ses propres livres lui seront remboursés par la bibliothèque.

Il se résigne. Difficilement. Rose le sent, il aimerait lui offrir tout ce qu'elle peut convoiter, désirer. Là, tout de suite.

Mais il doit attendre. Ce qui l'impatiente.

Ils sortent et il s'efface pour la laisser franchir la première l'étroit passage où une sorte de radar vérifie qu'ils ont bien payé ce qu'ils emportent. Est-ce pour alléger le climat entre eux, bizarrement tendu, qu'il plaisante ?

– On croirait la porte-tambour du *Négresco* à Nice !...

Rose choisit de faire écho à sa plaisanterie :

– Je vois que vous aussi, vous avez vécu sans moi !

– Si peu, répond-il.

Là, il ne rit pas.

C'est d'un même mouvement, comme s'ils avaient l'habitude de s'attabler ensemble, qu'elle et lui s'installent de part et d'autre d'une petite table ronde, isolée par un pilier du reste de la salle.

En attendant qu'on vienne prendre leur commande, ils se contemplent en silence.

C'est vrai qu'ils n'ont pas encore eu l'occasion de le faire, du moins aussi ostensiblement. À croire qu'ils sont venus dans ce café rien que pour ça : se regarder.

Rose a posé son paquet de livres sur la table. D'une main, elle balaie la mèche qui retombe sur ses yeux ; l'autre est sur ses genoux, paume en dessus. Lui, le dos bien appuyé contre le dossier de sa chaise, bras croisés comme pour ménager un obstacle entre eux deux, lui sourit avec la bienveillance d'un adulte face à un enfant :

– Dites-moi tout !

Comme elle arrondit les yeux – ce qu'ils sont bleus ! –, il ajoute :

– Tout ce que vous voulez que je sache de vous.

C'est plus fort qu'elle :

– Je suis mariée, j'ai deux enfants.

– Depuis longtemps ?

– Treize ans de mariage ; ils ont treize et onze ans. L'aînée est Sophie, ma fille.

– Je les ai aperçus, l'autre jour.

– Où ça ?

La voix du garçon les interrompt :

– Ce sera quoi, pour vous, m'sieur-dame ?

– Deux chocolats chauds.

Puis elle se rappelle :

– Ah oui, au péage ! Quelle coïncidence !

Ils se taisent tandis que le garçon s'approche à nouveau de leur table, y pose deux verres, une carafe d'eau, puis revient peu après avec deux tasses. D'un geste précis, il y verse de haut le liquide onctueux et leur laisse le pot encore à demi plein pour le cas où ils souhaiteraient se resservir.

Son compagnon a décroisé les bras et Rose l'observe qui tourne sa cuiller dans le chocolat fumant afin d'y incorporer l'écume crémeuse. Elle-même se penche sur sa tasse pour humer, avant d'y goûter, l'arôme chaleureux du cacao.

Il y a longtemps qu'elle n'a pas pris de chocolat, elle en prépare parfois, mais seulement pour les enfants. Et lui ? Pourquoi a-t-il décidé qu'ils allaient en boire, plutôt qu'un thé, un whisky, une orange pressée ?

Aurait-il, comme elle, besoin de se réconforter ?

Pourtant, ils ne font rien de mal.

Soudain, l'homme monte à l'assaut :

– Vous savez, je vous ai aperçue à travers la vitrine ; c'est pour cela que je suis entré.

Elle-même l'aurait-elle fait si c'était advenu en sens inverse ?

Il poursuit :

– J'avais envie de vous demander...

Il hésite sur la suite à donner à sa phrase, comme si sa première idée n'était point trop convenable, pour achever sur une pirouette :

– ... comment se porte le foulard bleu !

Et, sans lui laisser le temps de répondre, il enchaîne :

– Je suis marié, j'ai une fille...

Léger choc, mais qu'attendait-elle ?

– À travers les vitres teintées de votre voiture, je n'ai pas bien vu...

– Flore, elle a quinze ans.

– C'est un joli prénom, Flore.

– Sophie aussi est un joli prénom. Et le vôtre ?

C'est vrai qu'il ne le connaît pas.

– Rose.

Il le reprend à voix basse, comme s'il le savourait, à l'instar du chocolat : « Rose... » Puis :

– Moi, c'est Georges.

Bon, maintenant, elle sait.

Les voilà présentés. Ou presque : ils n'ont pas décliné leurs noms de famille. Comme s'ils se sentaient déjà trop intimes pour en faire état.

Une opération, c'est toujours grave ! Surtout sous anesthésie générale !

Rose est dans la cabine téléphonique de l'hôpital et Daniel l'agace affreusement à lui répéter : « Ce ne sera rien ; de nos jours, l'appendicite est une affaire banale ! »

Il le fait pour la réconforter, elle le sait bien ; pourtant, elle lui en veut ! Qu'attend-elle ? Qu'il lui dise : « J'arrive ! » alors qu'il se trouve à huit cents kilomètres de là, à cette réunion de travail ?

D'habitude, quand Daniel s'absente l'espace de quelques jours, Rose en profite pour se livrer à des activités bien féminines : coiffeur, manucure, courir les soldes, voir ses copines, changer les meubles de place. Rien d'extravagant, mais c'est l'esprit léger qu'elle s'affaire hors de la maison, puisque son mari n'est pas là pour l'y attendre.

Elle va aussi au théâtre, ce à quoi Daniel se refuse comme à une perte de temps. Surtout, elle prépare à peine les repas : un plateau-télé suffit. Les enfants soufflent un peu. Ils adorent leur père, mais avoir, soir ou matin, à répondre à ses questions sur leurs programmes, leurs notes, leurs professeurs, finit par les fatiguer. Même s'il a raison, même s'il est dans son rôle de chef de famille – comme en ce moment même !

– Écoute, dès que je peux, je rentre. Sans doute demain. Pour ce soir, c'est trop tard, je ne trouverai pas d'avion. On l'opère quand ?

– Dans une heure.

– Tu veux que j'appelle le chirurgien ?

– Il est en salle d'opération avec quelqu'un d'autre. Ici, les interventions se font à la chaîne !

– Tu peux me rappeler aussitôt après ?

– Je n'en sais rien. Où seras-tu ?

– Je t'ai donné les numéros de téléphone et de fax de l'hôtel. Tu me laisses un message, c'est moi qui te rappelle... N'oublie pas de m'indiquer le numéro de la chambre de Sophie...

– Elle sera en réanimation.

– Écoute, Rose, ce n'est pas...

Brusquement, elle raccroche.

Pour ne pas l'entendre dire qu'elle s'en fait trop !

Lorsque votre fille pique 39° de fièvre, avec un mal au ventre qui la tient pliée en deux, que le médecin, consulté, l'envoie d'urgence à un chirurgien, lequel déclare : « J'opère de suite », quelle mère ne se retrouverait pas folle d'angoisse ?

Les hommes n'y comprennent rien, cela ne se passe pas dans « leur » ventre...

D'ailleurs, depuis que Sophie se plaint, Rose aussi a mal, les bras constamment repliés sur son estomac qui s'est durci, contracté.

Au fond, elle a eu tort d'appeler son mari. De loin, il ne lui est d'aucune utilité. Et, même présent, que pourrait-il ?

Elle se sent tellement coupable...

C'est une fois sortie de l'hôpital que Rose s'autorise à penser à l'homme qui l'attend. Pour rien au monde elle ne se serait permis d'en tenir compte avant l'opération de sa fille.

Tard dans la nuit, l'opérée, réveillée, geignarde, a été ramenée dans sa chambre. À plusieurs reprises l'infirmière a enjoint Rose de rentrer chez elle prendre un peu de repos, mais elle a attendu que sa fille, rendormie à l'aide d'un calmant, cette fois d'un sommeil réparateur, lui paraisse totalement hors de danger.

Une fois dans la rue, la préoccupation l'envahit, d'autant plus forte qu'elle l'avait refoulée : elle doit téléphoner pour s'excuser de n'avoir pu venir ! Mais où ? et à qui ?

Par jeu, légèreté, ils ont fait comme s'ils n'y tenaient pas vraiment à ce rendez-vous, comme s'il s'agissait d'un marivaudage, et ils n'ont échangé ni leurs noms, ni leurs adresses...

Faux-jetons, en plus, car, dans le même temps, ils ont bien précisé le jour, l'heure, le lieu, tout prévu – sauf l'imprévu : l'empêchement créé par la maladie d'un enfant...

C'est Georges, au moment où ils allaient se quitter à la sortie des *Deux Magots*, qui a proposé : « Cette semaine, le *Mac-Mahon* programme un vieux film que j'adore, *La Blonde explosive*. J'ai envie de le revoir avec vous. Je vous attendrai au premier rang. »

Est-ce parce que Rose est blonde qu'il a eu cette idée ? Ou pour se retrouver – oui, elle a eu le front de le penser ! – dans le noir avec elle ?

Plus vraisemblablement parce qu'il n'y a rien d'inconvenant à inviter quelqu'un à un spectacle.

Daniel, cette semaine-là, est absent.

À chacun de ses départs, il n'omet pas de lui répéter : « Profite bien de ce que je ne suis pas là ! À mon retour, je te visse à nouveau... Et fais en sorte que je n'apprenne rien de répréhensible sur ta conduite ; sinon, c'est la ceinture de chasteté ! »

Rose fait semblant de frissonner sous les menaces de son despote et jure ses grands dieux qu'elle sera toute de blanc vêtue jusqu'à son retour.

Est-il correct, conjugalement parlant, d'aller au cinéma avec un homme dont elle ne connaît même pas le nom, seulement le prénom ?

C'est cet anonymat qui lui paraît ôter du poids à leur rencontre. Georges est l'une de ces connaissances que l'on fait dans la rue, un train, un avion, une file d'attente, parfois en croisière, et dont on oublie l'existence sitôt qu'on s'est perdu de vue.

Elle s'est dit qu'elle aviserait plus tard, après le cinéma, s'il convenait d'en parler ou non à Daniel, et elle a accepté le rendez-vous.

Ce sont les plus chastes, peu habitués aux stratagèmes du désir, qui s'aveuglent le plus facilement sur les motifs cachés de leurs actes.

Georges l'y a d'ailleurs aidée. Il a ajouté : « Si vous ne venez pas, je comprendrai ce que cela veut dire : vous m'aurez assez vu... Chut ! Ne dites rien pour l'instant... »

C'était habile de lui laisser une échappatoire, et Rose s'est abandonnée sans retenue au plaisir simple de se faire faire la cour de cette façon un peu démodée, romanesque, comme dans les pièces de théâtre – Bernstein, Guitry – qu'on rejoue de nos jours et qu'elle aime tant !

Maintenant, elle l'a raté.

Qu'a-t-il dû penser ? Que leur rendez-vous lui est sorti de la tête, qu'elle est comme toutes les femmes, qui disent oui un instant, non à l'autre ?

Le lendemain, Sophie, encore douloureuse, va mieux, pour ne pas dire tout à fait bien. Vers les sept heures, elle s'endort, fraîche, apaisée, le thermomètre marquant 37,6°.

– Température normale après le choc opératoire, dit le chirurgien ; nous avons frôlé la péritonite, mais tout danger est écarté. Autant qu'elle soit débarrassée de ce boyau, il était un peu long. Et il n'y a rien que je déteste comme d'enlever son appendice à une femme enceinte...

– Nous n'en sommes pas là ! sourit Rose, heureuse d'être rassurée.

– C'est ce que disent toutes les mères qui ont des filles, conclut le chirurgien en lui jetant une œillade qui ne s'adresse pas précisément à une matrone.

Patrick n'est pas à la maison : il a pris pension pour quelques jours chez un copain féru comme lui de jeux vidéos et qui en possède une série que lui-même n'a pas. En voilà un qui gardera un excellent souvenir de l'opération de sa sœur !

À huit heures, Rose se rend au *Mac-Mahon* avec vingt-quatre heures de retard, et s'asseoit au premier rang. Georges ne s'y trouve pas. La séance se déroule ; il ne vient pas. Ni ce soir-là, ni les suivants, jusqu'à ce que le retour de Daniel empêche Rose de revenir sur les lieux du rendez-vous manqué.

S'il y a un film qu'elle ne veut jamais revoir de sa vie, c'est *La Blonde explosive*, se dit-elle pour tenter de rire de sa déconvenue.

En réalité, elle a envie de pleurer, ce qui fait qu'elle n'a pas beaucoup de mal, face à son mari, à jouer le rôle de la mère encore secouée par l'inquiétude.

– Ma petite chérie, pourquoi ne m'as-tu pas demandé de rentrer plus tôt ? Tu m'as assuré que tout allait bien et que je pouvais rester à Nîmes jusqu'au bout du programme...

– C'était vrai !

– Maintenant seulement je me rends compte

de ce que tu as traversé et je m'en veux, tu ne peux pas savoir comme je m'en veux de ne pas avoir été là !

Rose éclate en sanglots convulsifs. Elle se sent si coupable de rendre Daniel malheureux !

Le pire, dans l'affaire, étant que c'est pour rien.

Elle n'était pas au rendez-vous...

Est-ce dû au charme du cadre, cette petite église de campagne toute fleurie de blanc pour l'occasion : aubépine, seringat ? L'émotion s'est emparée des assistants dès l'entrée des premiers communiants, filles d'un côté, garçons de l'autre – dont Patrick.

C'est lui qui a demandé à suivre les cours de catéchisme. « Les autres y vont », a-t-il dit pour se justifier, ce qui n'est pas totalement vrai : il y a dans sa classe des juifs, des protestants, des musulmans qui s'initient à la religion de leurs parents, ou qui sont athées.

Quand Rose a mentionné à Daniel la demande de Patrick, ç'a été sur le ton dégagé dont elle lui aurait dit : il veut faire de l'escrime ou prendre des leçons de solfège. « Si ça peut lui faire plaisir ! » a répondu Daniel, lui aussi avec détachement. Plaisir ? le mot ne paraissait pas approprié, mais Rose ne l'a pas relevé. Eux-mêmes se sont mariés à l'église et elle était en blanc. Elle n'a pas oublié le léger tremblement qui l'a prise, au bras de son père, quand ils ont franchi le porche de la petite église de son arrondissement, rue Cortambert...

Est-ce « pour le plaisir » qu'ils acceptèrent de se plier à la tradition, alors que l'un comme l'autre n'allaient plus à la messe ? Ou poussés par l'obscur besoin de se soumettre aux rites qui tiennent ensemble leur communauté ?

Dans les albums de famille, chez les parents de Daniel comme chez les siens, des mariées couronnées de tulle, un bouquet de fleurs d'oranger à la main, jettent sur leur avenir un regard encore confiant. Daniel et elle allaient pouvoir y adjoindre leur portrait de ce jour-là, en grande tenue. Même si cela n'était que par superstition ! Quand on se marie, on ne met jamais assez de chances de son côté. La bénédiction d'un prêtre en fait partie.

La cérémonie leur permit de réunir leurs deux familles, jusqu'aux cousins les plus éloignés, ceux qu'on ne voit qu'en ces occasions-là. Vieux et jeunes arrivèrent sur leur trente-et-un, le regard aigu, cherchant des raisons de critiquer les nouveaux « alliés » qu'on leur imposait... Si certains se haïrent dès le premier regard – trop différents –, d'autres se plurent. Ainsi Luce et Gérard, leurs cousins respectifs, qui étaient leurs témoins ; ils se sont mariés un an plus tard en présence d'une assistance quasi identique : quelques vieux en moins, deux nouveau-nés en plus...

Rose et Daniel, qui fêtaient leur premier anniversaire de mariage, se sentaient chevronnés face à ces néophytes ! Alors qu'ils n'étaient encore qu'au tout début du chemin : Sophie venait juste de naître...

Ces lointains souvenirs, ravivés par le cadre, et une légère odeur d'encens et de fleurs coupées tournent dans la tête de Rose tandis que les communiants s'approchent l'un après l'autre du micro disposé près de l'autel pour prononcer les paroles qui consacrent leur engagement dans le Christ.

Tous débitent une phrase apprise par cœur, d'une voix monocorde, comme si les mots étaient pour eux dépourvus de sens.

– On se croirait dans une secte, chuchote Daniel.

Il est vrai que l'encadrement – deux prêtres, trois dames, dont au moins deux sont célibataires – donne le sentiment qu'aucune liberté n'est laissée aux communiants d'exprimer autre chose que ce qu'on leur a prescrit. Mais Rose connaît son fils, elle sait qu'il apprécie de « témoigner ». De quoi ? Eh bien, de ce qu'il est devenu un « grand », à l'instar des plus âgés, dont sa sœur qui a participé à la même cérémonie deux ans plus tôt.

– Mais non ! rétorque-t-elle à l'oreille de Daniel. C'est une initiation. Toutes les sociétés ont les leurs, et celle-ci n'est pas très contraignante... On ne te marque pas au fer rouge !

– La franc-maçonnerie comporte le même genre de rituel, d'après ce que j'en sais !

– Et alors ?

Ils ont continué à chuchoter tout en s'asseyant, en se levant, en se rasseyant.

Chaque fois, Rose lance un petit coup d'œil derrière elle pour vérifier que sa chaise est toujours en place et qu'elle ne va pas se laisser choir. Il y a de tout dans les rangs : autant d'hommes que de femmes, ce qui n'est pas le cas aux messes dominicales.

Vient le moment de la communion proprement dite.

Est-ce emportée par l'imitation ou par un élan venu du fond de son enfance ? À la suite de la majorité des assistants, Rose quitte son rang pour, les mains en coupe, aller quémander l'hostie au prêtre.

Retournée à sa place, elle s'agenouille, la petite rondelle de pain azyme glissée sous la langue, et tente de faire le vide en elle.

Alors, du plus profond de son être s'élève un cri d'amour : « Je t'aime ! »

Ce n'est pas au Christ qu'il est dédié, mais à un visage humain surgi derrière ses paupières closes, celui de Georges.

Pourtant, cet homme, elle ne l'a pas revu depuis *Les Deux Magots,* puisqu'ils se sont ratés au cinéma. Elle ne le reverra sans doute jamais. Où le retrouver ?

Toutefois, sa présence est en elle d'une façon si naturelle que Rose, toujours agenouillée, se laisse envahir par un ravissement proche du désir.

Pourvu que Daniel, debout à ses côtés, ne s'aperçoive pas de son émotion !

– C'est affreux, il me quitte ! sanglote Christine au bout du fil.

– Mais enfin, demande Rose abasourdie, quand vous êtes venus souper la semaine dernière, tout allait bien entre vous...

– C'était ce que je croyais. Et puis, hier, après le dîner, il m'a dit : « Il faut que je te parle ; voilà : j'ai rencontré quelqu'un, nous nous aimons... »

Ce qui frappe Rose en écoutant son amie relater son drame, c'est l'inconscience. Celle de Christine, qui n'a rien vu venir ; celle de Gérard, son mari, qui pense sans doute qu'en étant sincère, il a été honnête, ce qui lui suffit pour se sentir en paix avec lui-même. Est-ce sa faute s'il est amoureux ? Comme si l'amour excusait tout...

« Quelle sorte d'amour est-ce donc, qui ne tient aucun compte des contrats, du passé ? » se demande Rose après avoir raccroché.

La conversation s'éternisant, elle a suggéré à son amie qu'elles se rencontrent le lendemain à déjeuner afin que Christine puisse se raconter à satiété, revenir sur certains mots qui la font saigner plus que d'autres, car les assassins, ce sont avant tout les mots. Pour s'étonner aussi de n'avoir rien vu venir, rien compris. « Tout était tellement comme d'habitude... »

C'est la phrase qui a le plus frappé Rose et qui lui revient à diverses reprises au cours de l'après-midi, de la soirée, en regardant Daniel lire tranquillement son journal dans son fauteuil familier : « Comme d'habitude ! »

Elle y repense encore, couchée comme d'habitude du côté du lit qui est le sien, après avoir éteint sa lampe de chevet avant lui, heureuse de s'endormir dans la lumière, ce qu'elle réclamait déjà quand elle était petite. Ensuite, dans un demi-sommeil, elle entend le déclic du commutateur actionné par Daniel, le noir s'approfondit ; sur un soupir, l'homme s'enfonce dans les draps, se love contre elle qui, tournée vers le bord du lit, lui offre son dos, ses reins.

Où donc est la faute ? N'est-il pas délicieux d'être en couple et de s'endormir à deux dans une confiance réciproque ?

La faute, c'est qu'elle pense à un autre depuis des jours. Daniel ne peut s'en douter : de la même façon qu'hier entre Christine et Gérard, tout est « comme d'habitude »...

« De toute façon, se dit Rose, je ne sais pas comment retrouver cet homme. D'ailleurs, je n'en ai pas véritablement envie. »

Elle désire seulement faire appel à des images, le soir, en se remémorant les instants qu'ils ont passés ensemble, les gestes attentifs qu'il a eus envers elle. Son humour, sa discrète tendresse. Et ce regard qui semblait se l'approprier...

D'un coup de reins, elle s'assied dans le lit. Et voilà que tout ce qui était en passe de se construire avec lui s'est écroulé !

Mais envisager qu'une relation intime était en train de s'édifier, n'était-ce pas déjà une trahison vis-à-vis des siens ? Heureusement que le destin, en l'empêchant de rencontrer à nouveau cet homme, a tranché.

– Que se passe-t-il ? grommelle Daniel, tiré de son endormissement.

– Rien, répond-elle. (On devrait se méfier de ces « rien » dont les gens parsèment si facilement leurs discours conjugaux...) J'ai seulement soif, je vais aller boire, rendors-toi...

Dans la cuisine, Rose fait longuement couler l'eau à l'évier jusqu'à ce qu'elle soit bien fraîche, en emplit un verre, s'adosse contre un meuble, les bras croisés sur sa légère chemise de nuit rose – sa couleur – dans laquelle elle frissonne, son verre d'eau glacée à la main.

Si elle a soif, ce n'est pas d'eau.

« C'est une chose étrange, finit-elle par se dire, qu'on puisse autant souffrir à propos d'un amour qui n'existe pas ! »

Quelques jours plus tard, c'est poussée par un secret désir de se confier que Rose, ce matin-là, appelle Marthe. Elle ressent l'envie de partager avec cette femme, qu'elle considère comme sa mère, les sentiments contradictoires qu'a suscités en elle sa rencontre avec Georges, suivie de leur attirance mutuelle, puis de sa subite disparition.

En fait, de leur séparation involontaire.

« Marthe comprendra », se dit-elle tandis que retentissent les sonneries. Là-bas, la petite maison possède un étage, il ne s'y trouve qu'un poste de téléphone, au rez-de-chaussée, et Rose sait qu'il faut laisser à sa tante le temps de décrocher. La vieille dame peut aussi bien se trouver au jardin. Cet automne, il ne fait pas froid et, dans le Limousin, les changements saisonniers de la nature sont si spectaculaires que les contempler fait partie des bonheurs de l'habitant.

Ce n'est pas Marthe qui répond, mais une voix étrangère. Rose en est déconcertée.

– Suis-je bien chez Mme Dellepoule ?

– Oui, madame.

– Je suis sa nièce. Puis-je lui parler ?

– Madame est couchée.

Le cœur de Rose bondit :

– Mais que se passe-t-il ?

– Mme Dellepoule vient d'avoir une crise d'artérite et, sur ordre du médecin, elle doit rester allongée quelque temps... Je suis la garde.

– C'est grave ?

– Le médecin vous le dira mieux que moi, madame. Toutefois, votre tante n'est pas actuellement en danger. Elle parle souvent de vous. Je crois que vous lui manquez.

– Mais pourquoi ne m'a-t-elle pas prévenue ?

– Mme Dellepoule l'a interdit. Elle disait qu'à l'époque de la rentrée, vous aviez trop de choses à régler pour vous faire en plus du souci pour elle.

– Voulez-vous lui dire que je vais venir tout de suite ? J'arriverai samedi et passerai quelques jours avec elle.

– Voilà qui va lui causer une grande joie. Je la préviens immédiatement.

Plus rien ne compte, pour Rose, que la santé de Marthe. Lorsque sa mère est morte, son père les avait déjà quittées depuis plusieurs années, et c'est Marthe, sa tante paternelle, qui prit alors le relais. Sans chercher à s'approprier la tendresse de l'enfant presque orpheline, mais pour assurer la continuité entre elle et sa mère disparue, son père indifférent. Veuve, Marthe n'avait pas d'enfants, et lorsque Rose quittait sa pension des environs de Paris, c'est chez elle qu'elle venait passer de courtes vacances ou de longs week-ends dans son minuscule appartement de Montrouge.

Pour les congés d'été, Marthe louait un studio dans une station balnéaire de la côte atlantique et emmenait l'enfant profiter de l'air marin. Elle l'inscrivait à un club nautique et Rose, grâce à elle, put ainsi goûter à tous les bonheurs de la mer ; et l'hiver à ceux de la montagne, bien que la chère tante Marthe eût horreur du froid.

Rose revoit sa petite silhouette emmitouflée jusqu'aux yeux dans une grosse écharpe de mohair, ses pieds nageant dans ses après-ski trop larges – elle avait déjà mal aux jambes –, qui l'attendait au pied des pistes.

Son père, vivant à l'étranger où il multipliait les liaisons éphémères avec des femmes trop jeunes pour lui, envoyait l'argent nécessaire et se trouvait très heureux de cette solution : sa fille était chérie, en sécurité – et lui, libre.

Cela dura jusqu'aux dix-huit ans de Rose, qui partit alors faire quelques voyages de « formation » à l'étranger. Une année, elle rejoignit même son père, ce qui leur permit de faire connaissance juste avant qu'il ne décède d'une subite crise d'apoplexie.

C'est au cours d'un stage en Allemagne – Rose envisageait alors de devenir avocate internationale – qu'elle rencontra Daniel, un peu plus âgé qu'elle. Était-ce le récent décès de son père qui la laissait secrètement en mal d'homme ? L'amour, entre eux, se révéla foudroyant et leur décision de se marier fut presque immédiate.

Marthe, mise au courant, ne put qu'approuver. Elle était d'ailleurs satisfaite du choix de Rose ; d'emblée, elle jugea Daniel de bon aloi et rien ne la déçut ni ne la fit changer d'avis en quinze ans, la naissance des deux enfants venant parachever sa confiance dans le bonheur conjugal de sa nièce.

Sans qu'elle s'y attendît, son frère Gaston lui avait légué sa maison des environs de Limoges. Marthe prévint Rose :

– Je vais la vendre mais, pour cela, le notaire me demande de passer le voir. Juste un aller et retour...

– Tu veux que je t'accompagne ?

– Penses-tu, aucun intérêt !

Marthe était revenue du Limousin rêveuse.

– Alors, tu peux en tirer combien ?

– Je vais te dire : je crois que je vais la garder !

– Mais pour quoi faire ?

– Pour y prendre ma retraite... Tu sais, il y a un jardin... Et puis, quand même, je suis originaire de la région...

Et de se découvrir des racines dont elle n'avait pas parlé jusque-là à Rose :

– Par mon père, qui était de fait ton grand-père, nous sommes du coin... Il est monté faire sa vie à Paris, mais au cimetière de Panazol, tu trouveras des Brun...

Marthe avait dix ans de plus que son frère, le père de Rose, mort avant elle, ce qui fait que leurs souvenirs d'enfance étaient un peu décalés. Mais ce retour en Limousin représentait un retour aux sources qui, pour inattendu qu'il fût, convint aussitôt à Rose.

Ce nouvel attachement n'était par pour déplaire à Marthe : la petite maison, relativement banale, avait vu jouer son père, enfant. Des ombres demeuraient tapies derrière les bosquets. Des empreintes marquaient les meubles, les pierres.

Un jour qu'elle rendait visite à Marthe, une très vieille personne courbée, sa main noueuse appuyée sur un bâton qui ne l'était pas moins, lui avait déclaré : « Ça, pour rassembler à ton voyou de père, ma belle, tu lui ressembles ! J'espère que t'as pas hérité de ses goûts de coureur ! »

Marthe avait ri : « Allons, allons, Léonie, tais-toi ! Que vas-tu chercher là ? »

Lorsqu'elles s'étaient retrouvées seules, Marthe avait confié à Rose qu'il était fort possible que la Léonie, alors dans sa verte quarantaine, eût contribué au déniaisement du jeune homme, beau garçon et plutôt avancé pour son âge... Puis il était allé ailleurs, débutant ainsi sa carrière de « mâle filant »...

« Et moi, se dit aujourd'hui Rose en refaisant défiler ses souvenirs, tandis que le Corail aborde les contreforts du Limousin, serais-je de la même race que mon père ? Incapable de fidélité ? »

C'est plutôt le contraire qu'elle aurait à redouter.

Avec Georges, n'est-elle pas fidèle à du presque rien, à l'ombre portée d'un rêve ?

« Va voir ; moi, je n'ai plus l'âge ni la santé pour ce genre d'expédition ! » lui a répété Marthe.

Est-ce la beauté de cette journée de printemps où le premier feuillage fume comme une vapeur grise, rose, vert pâle autour des arbres, ou bien le fait que sa tante va vraiment mieux ? Un après-midi, Rose se décide à entreprendre la visite.

« C'est une propriété privée, en fait à l'abandon, plus personne n'y vit, il n'y a même pas de gardiens. Je vais te dire comment on s'y rend... »

Au terme d'explications minutieuses – route nationale, puis départementale, chemins vicinaux, détournés : « Impossible de prendre l'allée privée, elle est défoncée depuis les fortes pluies ! » –, Rose est suffisamment renseignée. C'est sans s'égarer qu'elle parvient en bordure du parc et quitte sa voiture face à une clôture en bois qui ne ferme plus.

Au-delà, quelques pavillons de briques aux toits encore bons et dont les portes et les fenêtres délabrées laissent s'infiltrer glycines, rosiers, vignes-vierges loin à l'intérieur des bâtiments désormais vides.

Sa tante l'a prévenue : « Tu vas d'abord tomber sur les communs, autrefois bergeries et laiteries, poulaillers... Pas pour la volaille ordinaire, mais des tourterelles, des faisans, des paons ! »

Qui n'a pas pénétré dans l'enceinte de ce qui fut royaume, palais, lieu de fêtes et de fastes, et que l'abandon rend plus poétique encore, ignore ce qu'est l'enchantement !

Avançant pas à pas, Rose repousse avec peine les ronces et les basses branches qui barrent les sentiers. Des buissons de roses redevenues sauvages, des branches fleuries et odorantes lui fouettent le visage et bouchent la vue.

« Je vais me perdre », se dit-elle – mais c'est un souhait !

Un bonheur profond, que connaissent tous les explorateurs de vestiges, s'empare d'elle à mesure qu'elle pénètre dans cet environnement qui doit correspondre aux aspirations habituellement déçues de son cœur : grandeur, calme aussi, protection et surtout beauté.

Le charme se renforce d'une sorte de qui-vive : elle se sent sous des regards invisibles, accompagnée, voire épiée. Tant de gens – maîtres, domestiques, fermiers, journaliers... – ont vécu ici ! Des animaux aussi, à voir ces granges, ces étables, ces pigeonniers...

Maintenant, tout est désert !

Pourtant, c'est avec précaution que Rose se faufile par les sentiers, sur les terrasses, comme si elle craignait de saccager quelque immense toile d'araignée tissée par les morts...

Peu à peu, elle accède au lieu où sa tante a tenu à l'envoyer, car Marthe y a ses souvenirs d'enfant : « Pendant la guerre, ma mère et moi venions à la propriété acheter du lait et des œufs. Pendant qu'elle discutait avec les éleveurs, je me promenais seule dans le parc... »

C'est un vaste vallon planté d'arbres devenus gigantesques. « La plupart doivent avoir plus de cent ans, parfois deux cents... » Rose repère des hêtres rouges, des chênes, des cèdres, d'autres essences qui lui sont inconnues. L'herbe est haute ; heureusement qu'elle est chaussée de bottes qui lui montent jusqu'aux genoux.

« Tâche de trouver la rivière, lui a dit sa tante ; tu la suis et tu la franchis par la passerelle. N'aie pas peur que celle-ci s'effondre : on croirait des planches à demi pourries ; en fait, elle est en ciment. C'est bien imité ! Nous, les enfants, on ne pouvait pas y croire... Mon frère sortait son canif pour gratter le parapet : il était bien en dur... »

Subjuguée, Rose comprend maintenant pourquoi sa tante souriait aux anges en lui parlant de ce parc : il ressemble à un lieu rêvé par des enfants ! D'un côté, les « géants » protecteurs, ces arbres qui montent comme des gratte-ciel jusqu'à masquer perpétuellement le soleil ; de l'autre, le petit monde de la rivière artificielle, semblable à celle qui a longtemps accueilli les visiteurs du Jardin d'Acclimatation à Paris.

Lente, serpentine, plantée d'iris jaunes, de

roseaux, de bambous, dans une profusion due à l'état sauvage. Mais cet endroit déserté est peuplé d'âmes : des ombres, des fantômes pleurent, chuchotent, implorent on ne sait quel retour à la vie...

Un craquement la fait sursauter. La tante Marthe n'a pas parlé d'animaux, mais, dans un lieu aussi sauvage, il n'est pas impossible que certains, même gros, y trouvent encore refuge contre la civilisation et les chasseurs. Renards, biches, hiboux, chats-huants, rapaces, les derniers lièvres ?

Il n'y a plus à craindre les loups, autrefois présents dans la région ; mais il reste les hommes !

Soudain, Rose regrette de ne pas avoir emmené Brunet, le vieux chien de Marthe. Il n'a plus tellement de dents, mais il est encore imposant et peut faire peur !

C'est un pas d'homme... Elle reconnaît le martèlement régulier, perçoit aussi le bruit métallique d'un sécateur. Quelqu'un se fraie un chemin au fur et à mesure qu'il avance.

Vite, Rose regarde autour d'elle où se cacher.

Trois chênes groupés lui paraissent former un abri. Elle n'a que le temps de se dissimuler derrière le plus gros lorsque l'homme apparaît, ses cisailles à la main, botté comme elle.

C'est lui.

« Je suis folle, se dit Rose. Ou alors, c'est un effet dû à ce parc, l'hallucination du plein midi... »

Le cœur de Rose continue de battre à tout rompre. Mais, maintenant qu'elle a reconnu cet homme, c'est rassurée, et même exaltée, qu'elle voudrait le surprendre à son tour. Jaillir brusquement de sa cachette...

Mais Georges l'a déjà dépassée pour s'engager sur le pont en trompe l'œil. Il s'y arrête et s'accoude afin d'observer le spectacle de la rivière. Des libellules bleues volètent d'un nénuphar à l'autre, des poissons sautent après les nombreux moustiques, puis laissent un rond à la surface, et de minuscules oiseaux se penchent pour boire.

Une cascade artificielle fait un bruit de chute d'eau et c'est ce qui permet à Rose de s'approcher sans être entendue.

Elle pose sa main sur la rambarde de faux bois recouvert de vraie mousse, et la fait glisser jusqu'à toucher celle de l'homme penché en avant, absorbé dans sa contemplation.

Le bond qu'il fait !

Toute sa vie, Rose se souviendra de son air, de son regard. Il n'est pas vraiment effrayé, il est surpris et, le temps de se remettre, il paraît comblé !

Oui, c'est cela... Plus tard, il lui dira qu'il pensait si fort à elle, à ce moment précis : « J'aimerais tant que Rose voie ça ! Elle adorerait... » Et elle est là !

Lui aussi a dû se croire la proie d'une hallucination, mais non, cette femme est bien là, vivante, elle sourit, éclate même de rire, heureuse d'avoir retrouvé l'homme qu'elle pensait ne jamais revoir.

Non, mais ça n'est pas vrai !

Mais si, c'est vrai...

Déjà il s'est rasséréné, a pris la mesure de la situation. Il est rapide, elle le sait. Et il se donne les gants de prendre l'offensive :

– Alors, comme ça, vous me suivez ?

Elle aurait eu du mal à le faire, il ne peut pas l'ignorer, elle ne connaît même pas son nom !

– Bien sûr, depuis...

– Depuis le *Mac-Mahon* ?

Ainsi, il n'a pas oublié qu'elle n'est pas venue à leur rendez-vous.

– Oh, Georges...

Les larmes lui montent aux yeux, brusquement, ce qui la conduit à s'apercevoir à quel point elle a souffert d'avoir dû lui faire faux-bond.

– Ce n'était pas ma faute... Je... Sophie, ma fille, a eu l'appendicite, on l'a opérée juste à cette heure-là ! Vous m'avez attendue ?

Il sourit :

– Si j'étais malin, je vous dirais que non,

que je ne suis pas allé au rendez-vous... Mais je n'ai pas envie d'être malin avec vous. Oui, j'y étais, je suis resté pendant deux séances entières, au premier rang, comme convenu, la tête tournée du côté de la porte, vers le fond de la salle, ce qui fait que je n'ai pas vu le film !

Son humour la détend, elle l'a déjà remarqué ; elle essuie ses yeux du dos de sa main.

– Et le lendemain ?

– Tiens, nous avions rendez-vous le lendemain ?

– Non, mais j'y suis allée quand même...

– Auriez-vous fait la Résistance pour savoir que quand un rendez-vous est raté, on peut revenir le lendemain ?

– J'y suis allée aussi les jours suivants !

– Je voulais m'y rendre, mais, à mon tour, j'ai eu des ennuis de famille. Je n'ai pas pu.

C'était donc ça !

Tout est expliqué, et cela suffit pour que ce soit pardonné. Réparé, en quelque sorte.

Ils n'ont même plus besoin d'en reparler. De parler.

Tous deux se tiennent face à face sur le pont de ciment qui paraît si fragile mais qui est si solide...

Georges prend Rose dans ses bras et la garde serrée contre lui.

C'est exactement ce qu'elle souhaitait.

– J'en avais tellement envie, depuis que je vous ai vue au marché, lui souffle-t-il à l'oreille.

– Moi aussi, dit Rose, le nez, la bouche dans son chandail qui sent la sueur – et elle aime sa sueur, elle aime sa chaleur, elle aime sa voix, la façon douce et forte dont il la tient, elle aime tout en lui.

Quand elle pense qu'elle aurait pu ne jamais le revoir !

Elle l'aime.

D'un commun accord, ils s'écartent lentement des abords de la rivière où tourbillonnent quelques insectes, pour errer au hasard à travers le parc qui, maintenant qu'ils sont ensemble, ne leur paraît plus si désolé. Sans qu'ils le formulent, il leur semble que la vie qui y a régné reprend peu à peu tandis qu'ils foulent ce qui subsiste des allées et des sentiers où tant de gens ont dû passer main dans la main, comme eux en ce moment.

Au sortir d'un fourré, ils débouchent au pied de la terrasse du château envahie de hautes graminées et de longues tiges de rosiers devenus églantiers du fait de n'avoir plus été taillés. Une volée de marches douces qu'encadrent deux rampes de pierre à balustres monte jusqu'à l'édifice à tourelles. Des piliers vides marquent l'emplacement de statues disparues.

– Que c'est beau ! murmure Rose, saisie par l'harmonie de l'architecture à la fois simple et majestueuse.

– En ce temps-là, on bâtissait pour satisfaire le besoin d'espace et de bonheur des humains, remarque Georges. Aussi pour les éduquer. Les élever, en fait.

– Les élever ?

– On ne se conduit pas de la même façon quand il y a surpopulation et lorsqu'on a la possibilité de s'isoler. Les pensées qui viennent ne sont pas les mêmes...

Après avoir inspecté une ou deux marches pour vérifier que ne s'y trouverait pas quelque ronce, voire un serpent, Georges ôte sa veste, l'étend sur le sol et fait signe à Rose de s'asseoir. Il reste debout à la contempler tandis qu'elle lève son visage vers lui.

On dirait qu'ils n'arrivent pas à se rassasier de la vue l'un de l'autre. Ou qu'ils l'impriment dans leur mémoire pour ne pas l'oublier, sachant qu'ils vont avoir à se quitter dans quelques instants, pour longtemps peut-être.

Puis Rose lui tend la main pour qu'il vienne se mettre près d'elle. Il lui faut son contact.

À peine est-il assis qu'elle pose sa tête sur son épaule, sans gêne, sans penser d'ailleurs qu'elle pourrait ou devrait en éprouver le moins du monde à se montrer aussi entreprenante et familière. Tout geste de rapprochement entre eux deux paraît si normal. Urgent, même !

Il pourrait la prendre là, en pleine lumière, sur les marches du vieil escalier, qu'elle se laisserait faire, tranquille, sereine. Peut-être d'ailleurs le souhaite-t-elle.

Au lieu de ça, l'heure n'en étant sans doute pas venue pour lui, Georges parle. Les hommes sont souvent plus timides que les femmes quand ils sont amoureux. Plus inquiets aussi. La parole les rassure.

– Je suis architecte, et c'est pour cela que je suis ici. On m'a demandé de venir voir en quel état était le domaine et ce qu'il convenait de faire...

– Pour le rendre habitable ?

– Dans un premier temps, pour le conserver.

– Tant mieux, je suis heureuse de penser qu'il va cesser de mourir, que vous allez le sauver...

– Si cela ne se révèle pas trop cher, oui.

Elle se redresse, le dévisage.

– Mais vous allez trouver moyen que ce ne le soit pas !

C'est comme si elle faisait appel à sa puissance : il doit réussir, pour elle et pour personne d'autre, à redonner vie à ce lieu auquel elle vient de s'attacher de toute son âme. Puisqu'elle l'y a retrouvé. Le lieu du miracle.

Grâce à quoi, Rose le sait, maintenant, ils ne se quitteront plus jamais, Georges et elle. C'est le destin qui le veut.

Elle n'y peut rien ; lui non plus.

– Et vous ? demande-t-il.

– Moi ?

– Oui, Rose, que faites-vous là ? Vous êtes seule ?

Bien sûr qu'elle est seule ! Cela lui semble si évident qu'elle n'a pas pensé à le préciser ! Mais peut-être, durant tout ce temps-là, Georges s'est-il attendu à voir surgir de derrière les buissons ses enfants, son mari, une cohorte d'amis... Vient-on ici sans personne si on n'y est pas appelé, comme lui, par quelque mission ?

Elle éclate de rire avant de répondre et se serre un peu plus contre lui pour lui indiquer qu'il n'a rien à craindre, qu'il peut laisser tomber sa réserve, s'il en a éprouvé.

– C'est ma tante, ma tante Marthe qui m'a dit d'aller visiter ce parc.

Maintenant, les mots se pressent. Rose voudrait qu'il sache tout d'elle et du motif – incroyable – qui l'a conduite ici le même jour, à la même heure que lui.

– Tante Marthe était malade et, comme elle vit seule, je suis venue de Paris pour la soigner. Elle habite un petit bourg des environs. Elle va mieux et m'a dit qu'il fallait que je voie cet endroit, qu'elle s'y rendait à pied quand elle était petite, pendant la guerre, avec sa mère, qu'il y avait là une ferme... Oh, Georges, elle était si pressante, on aurait dit qu'elle avait deviné !

– Quoi ?

– Que tu serais là... Que tu m'attendais... Tu sais, elle n'a pas eu d'enfants, c'est ma marraine !

– Une marraine-fée, si je comprends bien ?

– C'est tellement extraordinaire, ce qui arrive...

Il a pris son visage entre ses mains, l'embrasse à nouveau. Ils n'arrêtent pas de s'embrasser comme lorsqu'on a quinze ans et que c'est dans un échange inextinguible de tendresse qu'on puise ses raisons de vivre.

Le soleil baisse à l'horizon quand Rose, la première, donne le signal du retour :

– Si je ne rentre pas, tante Marthe va s'inquiéter et lancer du monde à ma recherche... Après tout, ce parc est un lieu mal entretenu, on peut s'y tordre une cheville...

– Ou y faire de mauvaises rencontres ! dit Georges qui la tient si fort qu'au lieu de deux, on dirait qu'ils ne sont plus qu'un.

Rose a la taille fine, les épaules rondes, les cuisses renflées à l'intérieur. La peau douce, surtout au cou et à la saignée, peut-être ailleurs – cela, il l'ignore, mais, pour ce qui se voit, il l'a remarqué. Sans le chercher, comme s'il faisait normalement le tour d'un bien qui se trouve désormais en sa possession et dont il prend à présent connaissance.

Oui, c'est seulement maintenant, quand il est trop tard pour la refuser, la répudier, qu'il découvre comment Rose est faite et à quoi elle ressemble !

Il en rit tout seul.

– Qu'est-ce qui te fait rire ?

– Je me disais que, par chance, j'ai fait mes relevés avant que tu n'arrives. Parce que, depuis...

Il s'écarte, la saisit par les deux mains pour mieux la considérer...

– ... je ne vois plus que toi !

– Je t'empêche de travailler ?

– Tu me fais vivre.

– Tu ne vivais pas, avant ?

– Laisse-moi réfléchir... Eh bien, non ! Je crois que je m'apprêtais à naître, mais je n'étais encore qu'un fœtus un peu avancé en âge...

– Ne dis pas ça, les fœtus, c'est laid. Toi, tu es merveilleux !

– Tu es sûre de m'avoir bien regardé ?

– Pas exactement partout, je ne sais pas comment sont faits tes orteils, tes aisselles, mais tout ce que j'ai vu de toi me plaît, me ravit, même...

– Tu dois être amoureuse !

– Personne n'a meilleure vue qu'une amoureuse. Je sais parfaitement où il te manque trois cheveux, que tu as les poignets minces, les canines fortes, sûrement une broussaille de poils sur la poitrine dont je n'ai vu que l'orée...

– Tu parles comme une héroïne de Giraudoux.

– Ne sommes-nous pas en Limousin ?

Il l'embrasse encore et encore tout en la guidant vers la barrière de sortie, où Rose retrouve sa voiture.

– Et la tienne ?

– Je l'ai laissée à l'autre entrée. La principale.

– Ma tante m'a dit qu'elle était défoncée...

– C'est un quatre-quatre, il passe partout.

– Celui du Midi ?

– Il était loué, comme celui-ci. Je suis descendu à Limoges par le train.

– Monte, je vais te ramener là où tu l'as garé.

C'est la première fois qu'ils sont ensemble en voiture et Rose ressent d'emblée l'apaisement de sa présence. Georges lui indique le chemin sans le moindre énervement ni surveiller sa manière de conduire. Aussitôt, le mot lui vient : il lui fait *confiance*, si terriblement confiance qu'elle en a les larmes aux yeux. Personne, jamais, ne lui a fait autant confiance.

Cela seul peut suffire à faire de vous une autre personne.

Elle stoppe sa petite voiture en vue du véhicule haut sur roues, tourne la tête vers lui.

– Tu pleures ?

– C'est que je suis heureuse.

– De me quitter ? la taquine-t-il.

– D'être avec toi. Dis-moi que c'est pour toujours...

– C'est pour toujours.

– À propos, quel est ton nom, bel étranger ?

Georges rit. Sort de la voiture pour aller ouvrir une serviette de cuir restée dans la sienne, en tire une carte de visite qu'il lui rapporte.

Rose la prend sans la regarder et la glisse dans le petit sac qu'elle porte en bandoulière.

– Donne-m'en une autre. Avec un crayon, s'il te plaît.

Elle retourne la seconde carte, toujours sans la lire, y inscrit son propre nom, avec son adresse, son numéro de téléphone à Paris.

– Je te mets aussi le numéro de téléphone de tante Marthe. Je suis ici pour quelques jours.

– Merci, dit Georges.

C'est tout. Il ne lui dit pas s'il compte l'appeler, ni quand, ni combien de temps il doit demeurer à Limoges. Rose ne le lui demande pas. Tous deux n'éprouvent aucun désir de jeter des jalons pour s'approprier l'avenir.

Ils sont si comblés l'un par l'autre qu'ils ont le sentiment d'avoir déjà tout.

– Ouvre le tiroir, pas celui-là, l'autre, et prends la clé qui s'y trouve, enjoint Marthe à Rose.

La vieille dame, que son artérite fait souffrir, peut faire quelques pas de son fauteuil à son lit, mais c'est en s'appuyant sur deux cannes et en grimaçant. Ce qui fait qu'elle évite les déplacements si quelqu'un peut les lui épargner.

Rose trouve facilement la grosse clé, la lui tend.

– Garde-la, c'est pour toi.

Rose lui lance un regard interrogateur.

Marthe sourit sous ses cheveux blancs d'un air à la fois amusé et complice :

– C'est la clé de l'atelier de ton oncle Gaston, au fond du jardin.

– Là où il faisait sa céramique ?

– Il s'y enfermait de longues heures, tous les après-midi, pour revenir les mains incrustées d'argile, et si détendu... Tous les hommes ont besoin de travailler de leurs mains, même si ça n'est pas leur métier, même si on les a contraints d'utiliser uniquement leur tête... Mon frère s'est bien rattrapé, les dernières années de sa vie... Tu n'as qu'à voir mes étagères !

Sur tous les meubles, les rayonnages, d'étranges « œuvres d'art » très colorées, vases, animaux, plats, coupelles, cendriers, imposent leurs formes et leurs tonalités baroques, qui tranchent sur la rustique sagesse du mobilier.

– Tu veux que j'aille faire le ménage dans l'atelier ?

– Mais non, grosse bête, il est fait... Il ne reste que son dernier chef-d'œuvre, inachevé, sur la sellette : un bloc d'argile complètement desséché dont personne ne sait ce qu'il allait représenter...

– Alors ?

– Tu es sûre que tu n'as pas besoin d'un refuge, ces temps-ci ?

Rose la regarde sans vouloir comprendre.

Marthe ajoute :

– C'est moi qui ai répondu, tout à l'heure, quand cet homme a téléphoné et que tu n'étais pas rentrée des courses... Lui, ton amoureux...

– Comment sais-tu que c'est mon amoureux ?

– Il me l'a dit.

– Quoi ?

– Il n'a pas été indiscret, il m'a seulement demandé : « C'est vous, madame, qui êtes la tante Marthe ? », et c'était dit avec une telle tendresse que j'ai bien pensé qu'il t'aimait à la folie pour s'intéresser aussi à moi, qu'il n'a jamais vue et dont il n'a rien à faire ! Il va rappeler.

Rose tombe à ses genoux, y pose sa tête.

– Tante Marthe, je suis mariée...

– Je sais... Mais ton cœur, lui, le sait-il ?

– Oh, que oui !

Elle en est assez déchirée. N'a pas dormi, ces deux nuits. En plus, Georges ne téléphonait pas, et elle doit rentrer demain.

– C'est pour ça qu'il faut que tu voies ce garçon tranquillement, et tu le lui diras... Il me plaît à moi, il ne faut pas lui faire de peine. Pas trop...

– Je n'ai pas besoin de l'atelier pour ça.

– Mais si, on est mieux dans un lieu isolé, quand on a envie de se dire qu'on s'aime mais qu'il faut tout de même se quitter. Et puis...

Le téléphone se met à sonner.

« Jamais. Jamais, jamais... »

Rose vient de lui dire qu'elle ne l'oubliera jamais, et elle répète le mot avec la force qu'elle mettrait à dire « toujours ». Dans une rage concentrée, sourde.

Ils sont debout dans l'atelier et Georges la tient dans ses bras, mais sans la serrer. C'est Rose qui, plus elle répète le mot « jamais », plus elle se blottit fort contre lui. Puis elle pleure.

– Je ne veux pas te quitter. Je ne veux pas...

– Qui te le demande ?

– Tout : le devoir, la morale, moi-même...

– Pas moi !

Elle lève le visage vers lui, interloquée.

Il ne va quand même pas lui proposer d'être sa maîtresse clandestine ? De s'aimer comme ça, à la sauvette, de temps à autre, jusqu'au tarissement de leur soif ? Pas lui, pas Georges !

– Je veux vivre avec toi. J'ai bien réfléchi durant ces deux jours, c'est pour cela que je ne t'ai pas appelée... Je suis retourné au parc pour finir mon travail. Puis j'ai arpenté Limoges dans tous les sens. À te dire toute la vérité, j'ai essayé de voir comment c'était, vivre sans toi. Une telle douleur...

Il sourit comme s'il lui annonçait une bonne nouvelle.

– Je sais, souffle-t-elle, et l'idée de cette souffrance la fait pareillement sourire.

Pour elle aussi, elle était intolérable. Inacceptable.

– Alors j'ai renoncé. Il y a des choses, des êtres contre lesquels on ne peut rien. Je ne peux rien contre toi.

Elle continue de sourire, heureuse de constituer une telle « menace » pour cet homme. Elle avait craint de se retrouver seule dans sa folie, comme il arrive si souvent aux femmes lorsqu'elles tombent « trop » amoureuses. Là, ils sont deux. Ils vont pouvoir se soutenir, s'épauler. Après tout, il est l'homme, le chef.

– Que va-t-on faire ? demande-t-elle d'un ton soumis.

Prête à tout entendre. Et, déjà, à ce qu'il lui dise : « Commençons par faire l'amour, on verra ensuite... »

Après tout, ils pourraient ne pas se plaire au lit ! Qui sait si ce ne serait pas la solution, la fin de son angoisse ?

Mais son corps est si fort en feu et en eau qu'elle ne peut y croire !

Lui non plus, sans doute, et c'est probablement pour cela qu'en entrant dans l'atelier, il ne s'est pas jeté sur elle pour la pousser sur le petit divan-lit bien propret, bien attirant, calé dans l'angle de la pièce.

De temps à autre, l'oncle devait y faire la

sieste, une pause entre deux séances de modelage.

Par la petite fenêtre à croisillons, juste au-dessus du divan, que Rose a ouverte en entrant pour donner de l'air, chasser l'odeur de renfermé, une branche de chèvrefeuille commence d'embaumer. On ne peut rêver meilleur lit de noces.

Georges, à qui rien n'échappe, l'a sûrement découvert.

Pourtant, il ne l'y entraîne pas. Il parle, insiste, pose les fondations. « C'est bien d'un architecte », se dit Rose, à la fois rassurée par son attitude distante et un peu déçue, tout de même...

Si c'était qu'elle ne lui plaisait pas physiquement ?

Pourtant, consciente de sa coquetterie, mais ne pouvant la refréner, elle a remis sa robe rose, celle du marché, qu'elle avait emportée dans ses bagages pour le cas où il ferait chaud, bien qu'on soit déjà en octobre. En l'enfilant, elle a un peu frissonné : le fond de l'air est frais, comme on dit dans la région ; mais, maintenant, elle est en nage, elle sue d'amour...

Il se rapproche, l'enlace, lui parle à l'oreille :

– Merci pour ta robe... Tu sais, au marché, quand je t'ai croisée, une fois remonté en voiture, tu étais si rayonnante, les bras débordant des fruits de la terre, telle Cérès, déesse des moissons, avec, au creux de ton coude, un bouquet de roses sauvages d'un ton à peine plus clair que celui de ta robe...

– Je l'ai pris au moment de quitter le marché.

– Pour me séduire ?

– Je ne savais pas que je te reverrais si tôt...

– J'aurais voulu te proposer de monter tout de suite dans ma voiture, d'aller où tu allais, mais...

– Tu étais accompagné !

– Jusque-là, je ne m'étais jamais aperçu que je n'étais pas libre... J'étais dans la vie que je m'étais choisie, et elle me convenait. Pour la première fois, j'ai dû faire effort pour poursuivre mon chemin... Et toi, qu'as-tu pensé de moi ?

– Que tu étais un preux chevalier au service de ta dame et que je devais t'apparaître comme une sorte de paysanne fruste et maladroite, qui perd ses affaires...

– Moi, en tout cas, tu ne me perdras jamais ! Écoute-moi...

– Oui.

Il l'entraîne enfin vers le lit-divan, mais c'est pour s'y asseoir.

– Si je ne suis pas retourné, le lendemain, au *Mac-Mahon*, c'est que j'ai eu un problème grave, je te l'ai dit. Mais je ne t'ai pas précisé avec qui : avec Lise, ma femme. Elle a des crises...

– De quoi ?

– De dépression. On la soigne, ça va mieux, puis le mal revient d'un coup. Alors elle boit, parfois aussi elle se drogue. Ce soir-là, j'ai dû la conduire d'urgence à l'hôpital.

– Pauvre.

– C'est dur pour moi, c'est vrai, mais surtout pour Flore. C'est sa maman, et, quand elle la voit dans cet état, ce n'est pas bon pour elle. J'essaie de faire barrage, mais elle sait...

– Les enfants savent toujours tout.

Les siens vont la regarder drôlement, au retour, poser des questions, peut-être... Plus que Daniel.

– Je veux vivre avec toi, mais je veux aussi régler ces problèmes-là. Avant.

– Moi aussi, j'ai les miens.

Il s'écarte, retient ses mains.

– Tu as raison, je n'ai parlé que de moi, sans te demander si toi aussi...

– Si moi aussi ?

– ... tu veux bien vivre avec moi ?

Rose prend son temps, cherchant les mots les plus vrais au fond d'elle-même. Son visage est devenu parfaitement lisse, comme si elle n'avait à nouveau que vingt ans, et rien vécu. Comme si elle n'était qu'attente et foi.

– Je le désire plus que tout au monde.

Georges sourit, rayonnant lui aussi de bonheur, rapproche ses lèvres des siennes, murmure encore quelques mots.

– Et maintenant...

Rose devine ce qui va suivre.

– ... il n'y a plus que nous deux.

Un rameau de chèvrefeuille incline ses fleurs par la petite imposte ouverte au-dessus de leurs corps.

Tous trois l'accueillent avec tant de tendresse que Rose en a le cœur serré. Sophie a réchauffé un gratin surgelé, lavé et assaisonné une salade. Patrick, qui n'aime pourtant pas le « tralala », comme il dit, s'est donné le mal de mettre une nappe et de disposer le couvert ; ne manque que le pain, demeuré dans sa housse en plastique. Quant à Daniel, il s'est arrangé pour être rentré quand elle arrive, peu avant huit heures, et il a ouvert à l'avance une bouteille de ce vin qu'ils boivent les jours de fête, un Graves léger.

Georges et elle se sont quittés porte d'Orléans, face à une station de taxis. « Arrête-moi là », a-t-il dit. Cela faisait un moment qu'ils ne parlaient plus ; depuis le dernier péage.

Jusque-là, ils n'avaient cessé de bavarder, plaisantant, se racontant l'un à l'autre, échangeant des commentaires sur tout ce qu'ils voyaient.

À la station-service, on aurait dit deux gamins, se servant de boissons chaudes et froides au distributeur, achetant la plus ridicule des peluches, une sorte de nain aux yeux en billes. Georges prit aussi des pastilles à la menthe : « Pour le voyage », dit-il comme s'ils venaient de s'embarquer pour un long, très long périple.

Après avoir fait le plein, c'est lui qui s'est emparé du volant pour s'arrêter juste un peu plus loin, sur l'une des branches du parking où ils étaient seuls à s'être garés, et se mettre à l'embrasser.

Rose a fondu, défailli, comme chaque fois qu'il la touche, et ils auraient pu rester là jusqu'à la nuit à ne prononcer que quelques mots d'amants, sans qu'elle proteste ni réagisse.

Mais Georges a fini par s'écarter et, tout en la regardant avec un rien d'excuse dans son sourire, il a tourné la clé de contact.

La veille, il l'avait quittée dans la nuit et elle s'était introduite dans la maison en tentant de ne pas faire de bruit, mais en se doutant bien que la tante Marthe, insomniaque comme on l'est à son âge, avait quand même dû l'entendre.

Au matin, toutefois, la vieille dame n'avait fait aucune remarque. Un petit sourire malicieux aux lèvres, peut-être, mais vite effacé par la perspective du départ de Rose, juste après le déjeuner.

Marthe est de la grande espèce, n'exigeant rien, remerciant pour ce qu'on lui donne de présence, sans geindre quand c'est terminé.

Rose savait ce que sa tante pensait : se reverraient-elles ? Ses mauvaises artères la rendaient si fragile.

Elle avait pourtant tenu à s'avancer jusque sur le seuil, appuyée sur sa canne, pour voir sa nièce démarrer en emportant un bouquet des fleurs du jardin empaquetées dans des journaux humidifiés. L'odeur des roses, subtile, se répandait dans la voiture avec celle, plus troublante encore, de quelques branches de chèvrefeuille.

– Sois heureuse, ma fille, avait dit Marthe en l'embrassant.

Puis elle avait ajouté :

– Peut-être ferais-je mieux de dire : reste-le...

Ce fut sa seule allusion aux événements de la nuit et du séjour de Rose chez elle.

Marthe savait tout autant que sa nièce qu'une dure période commençait pour celle-ci. Et qu'il n'y avait rien à faire, rien à conseiller.

L'amour est comme la foudre, il frappe à l'improviste, le feu prend et il n'y a plus qu'à se laisser brûler, parfois consumer.

Il était entendu que Rose irait chercher Georges à son hôtel, place de la République, à Limoges, et qu'ils s'accorderaient la joie de rentrer ensemble par la route.

C'était risqué : et s'ils avaient un accident, s'ils étaient vus ensemble par quelqu'un de connaissance ? Incidents minimes, auxquels il serait facile de parer : ils ont pu se rencontrer à Limoges et juger moins ennuyeux, rentrant le même jour, de faire le trajet ensemble. L'explication peut se soutenir.

Le plus grand risque – Rose le comprend sitôt qu'elle aperçoit Georges devant l'hôtel, sa valise et sa serviette en main –, c'est qu'ils goûtent trop de bonheur à être ensemble.

Des parties de son cœur, de son corps, qui n'ont jamais frémi jusque-là, seulement à la lecture de ces romans qu'elle aime tant, se sont mises à exister intensément, à réclamer, à jubiler.

Cela peut donc être ainsi, vivre ?

Alors elle désire vivre toujours !

Rose achève de préparer le buffet. Est-ce parce qu'elle se force à l'hospitalité, n'ayant guère envie, en ce moment, de se retrouver face à du monde ? Son esprit bat la campagne.

« Pourquoi le meilleur de la nourriture – viande, gibier, poisson – est-il forcément issu d'un crime ? » se demande-t-elle en coupant une tranche de pain bis en quatre. Elle y étend le foie gras de canard, léger, odorant, qu'elle n'utilise jamais sans une pensée pour la pauvre bête qu'on a gavée de force. Cruelle est la vie des bêtes et des gens. Qui veut durer doit s'y faire. Heureusement il y a l'amour, cette aspiration à autre chose, cette réconciliation constante avec soi-même dans l'acceptation de ce qui est.

Cette année, Daniel a tenu à fêter officiellement, chez eux, au milieu de leurs amis, leur anniversaire de mariage.

La date de leur union est d'autant plus difficile à oublier que Sophie est née l'année même. Elle ne manque pas de l'évoquer à chacun de ses anniversaires : « J'ai onze ans (douze ans, treize ans)... et votre mariage aussi ! »

Les enfants ont besoin de repères, et Sophie tire gloriole de ce que sa date de naissance soit liée à celle du mariage de ses parents. Il a fallu compenser auprès de Patrick, lui épargner cette morosité : quel sens pouvait avoir sa propre venue au monde si sa sœur avait déjà tout pris ?

En fait, Patrick jouit d'un privilège inexpugnable : il est le garçon. « C'est si important, pour une mère, si étrange et merveilleux, de donner le jour à un enfant du sexe opposé au sien. Je n'arrêtais pas de te regarder ! Je ne comprenais pas comment, toi, garçon, tu avais pu sortir de mon corps de femme ! Quel merveilleux cadeau tu m'as fait ce jour-là ! »

Patrick sourit, l'air modeste. Jubile quand Rose, parlant de lui et de son père, dit : « les hommes ».

En début d'après-midi, « les hommes » sont partis bras dessus, bras dessous, chuchotant, complotant, préparant sans doute une « surprise » en vue de la fête.

Ils ont prévu de la donner un samedi, jour plus pratique pour tout le monde, alors que la date exacte est celle du lundi suivant. « Ce soir-là, on ira tous les deux au restaurant en amoureux, sans rien dire à personne », lui a déclaré Daniel.

Rose a acquiescé. Que peut-elle envisager d'autre ? Hurler ? Dire : « Je ne veux pas, cela ne me fait aucun plaisir, j'ai le cœur et la pensée ailleurs » ?

Détruire ?

Non, elle ne peut pas détruire rien que parce qu'elle est amoureuse et flotte dans le bonheur, comme en état d'apesanteur. D'une certaine façon, tout lui est égal du moment que cela se passe « bien ». Qu'il n'y a, autour d'elle, ni cris, ni récriminations, ni déchirements.

« Je veux vivre avec toi », lui a dit Georges lorsqu'ils étaient dans le parc, et elle a répondu : « Moi aussi. » Mais ils n'ont pas fait de plans ni fixé de dates. C'est comme s'ils avaient constaté une évidence qui les habite l'un et l'autre : ils veulent vivre ensemble, ils ne peuvent pas faire autrement que vivre ensemble.

Bon, mais comment vont-ils s'y prendre ?

En éliminant les « obstacles », c'est-à-dire ceux qu'ils ont aimés jusque-là ?

Cela se fait couramment au nom de la « passion », du « coup de foudre ». On déclare un soir à son conjoint effondré : « Voilà, j'ai rencontré quelqu'un d'autre, c'est fini entre nous, je m'en vais ! » Variante : « Tu t'en vas ! »

C'est comme pour gaver de force un canard, Rose n'en supporte pas l'idée.

Et les enfants ? Groupés derrière une porte, serrés en haut des marches de l'escalier, écoutant les cris, les pleurs, attendant le verdict et se disant à juste raison : « Et nous, alors, on ne compte pas ? »

Ils comptent.

Rose ne cesse de le leur prouver par une multitude de petits gestes, d'attentions, et surtout par sa présence.

C'est à eux qu'elle donne sa présence jour après jour.

Qu'en est-il alors de Georges ?

Dès son retour du Limousin, elle a relu ce livre qu'elle aimait tant dans son adolescence, *Les Hauts de Hurlevent,* pour en arriver au passage où Heathcliff dit à Catherine : « Tu es moi. »

Georges et elle, c'est la même chose.

Un état qui représente le sommet de l'amour : savoir que l'autre vous est si intime qu'il tient compte de vos soucis, de vos douleurs, et ne cherche pas à y ajouter, bien au contraire. Georges ne lui demande pas de quitter son mari et ses enfants. À elle de voir, de savoir jusqu'où aller, de négocier un départ, une séparation, si elle le peut. Si elle y parvient.

Pour l'instant, Daniel et elle fêtent leur anniversaire de mariage. Ils se sont mutuellement consacrés des années de leur vie. Des années réussies, fécondes.

Heureuses ?

Rose va dans sa chambre, prend une douche, change de tenue, met un deux-pièces de soie beige, accroche autour de son cou le petit pendentif en or et émail que Daniel lui a offert pour leurs dix ans d'union, leurs noces de cristal, comme on dit.

Son mari ne lui a pas encore remis son cadeau, et Rose imagine qu'il sera encore plus conséquent. Ne lui a-t-il pas dit : « D'année en année, tu m'es plus chère... » Les enfants ont ri : « Plus chère pour ton portefeuille, oui ! »

Daniel a fait semblant de se fâcher : « Taisez-vous, vilains ! Vous ne comprenez rien aux sentiments... Votre mère n'a pas de prix ! »

Georges et elle sont convenus de ne pas se téléphoner l'un chez l'autre, mais de s'écrire poste restante pour se donner éventuellement rendez-vous. Rose n'est pas encore allée voir si une enveloppe l'attend ; elle préfère laisser passer la fête.

Entre Georges et elle, l'attente ne compte pas, elle l'a compris d'emblée. Lui aussi, sans doute. Il ne lui a pas dit : « Je te veux toute à moi. » Il sait que Rose est toute à lui.

Habillée, poudrée, une légère touche de parfum derrière chaque oreille, Rose se dirige vers la porte d'entrée où l'on vient de sonner. Elle s'apprête à accomplir sa tâche de maîtresse de maison. Au mieux.

Soutenue – elle ne comprend pas comment, mais peu importe – par l'amour.

Les Meunier apportent un gâteau aux noix et aux amandes, le chef-d'œuvre culinaire de Martine qui demande des heures de préparation. À peine Rose a-t-elle remercié que les Fleury se présentent à leur tour, chargés de deux bouteilles de champagne rosé, plus deux autres de ce bourgogne qu'ils achètent directement chez des viticulteurs de Mercurey. Le temps de les accueillir, de leur enjoindre de se débarrasser de leurs affaires, Daniel et Patrick reviennent enfin de leur course secrète pour l'aider à recevoir les derniers arrivants.

Une sorte d'allégresse circule à travers l'assemblée comme si tous se sentaient concernés par cet anniversaire, ce qui étonne Rose. À moins qu'elle ne soit particulièrement sensible à l'hypocrisie de la situation ?

En est-ce une ?

Quand Jacques Meunier lève son verre au plus merveilleux couple de leur entourage, Rose ne se sent pas dans le mensonge. C'est vrai : Daniel et elle sont soudés par la complicité de ceux qui se sont unis pour lutter jour après jour face aux nombreuses difficultés qui peuvent surgir au cours d'une vie. Ils ont fait front ensemble quand elle a eu cette tumeur qu'ils ont crue cancéreuse, puis quand il a été menacé de licenciement, à la mort de ses parents à lui (tous deux la même année). Il y a eu aussi, moins grave, mais stressant, le cambriolage de leur appartement...

Ils étaient là ensemble, tentant d'endiguer le malheur, de l'atténuer aux yeux des enfants, de ne pas se laisser engloutir, ni abîmer, ni séparer. De ce point de vue, ils forment bien un couple, et les compliments sont mérités.

Après deux verres de champagne, Daniel, joyeux, excité, plaisante avec ses copains : « Qui a dit : il n'y a pas de bons mariages, il n'y en a que de délicieux ? Le mien doit faire exception à la règle, il est les deux... » Et tous alors de sortir des lieux communs touchant le couple, les femmes : « Comme la plume au vent, femme varie... »

Quant au cocuage, c'est le pont-aux-ânes ! L'idée de la fidélité – ou de son contraire : l'infidélité – hante les hommes ; ils croient s'en défendre ou s'en protéger en jouant les cyniques. « Du moment que je ne sais rien... », dit Daniel. « Moi aussi, rétorque Hervé Fleury, gros homme un peu suant dès qu'il a bu un verre : avancer les yeux fermés, telle est ma devise... »

Groupées sur le canapé et les fauteuils proches, les femmes se taisent. Rose remarque soudain qu'elles sont toutes maquillées ! Normal quand on sort. Elle aussi a d'ailleurs mis du fond de teint, du rouge à lèvres, de la poudre, du mascara... Pourquoi perçoit-elle aujourd'hui ces apprêts comme autant de masques destinés à dissimuler le fond des cœurs ? Les êtres sincères – par tempérament ou vocation, comme les bonnes sœurs – ne se maquillent pas. Un être fardé, se dit-elle, est un être qui ment.

Elle a envie de pleurer, ce qui serait désastreux pour le noir de ses cils. C'est qu'elle souffre : ces gens sont ses amis, elle les aime, elle courrait à leur secours si besoin était. En même temps, elle ne sait rien de leur vérité secrète, et ils ignorent la sienne.

Tout autant que Daniel.

Nul ne devine, dans cette assemblée, que c'est son nouvel amour qui la soutient, qui lui permet d'être efficace, de leur faire plaisir à tous et leur rendre ces heures agréables.

Une mascarade que cet anniversaire !

Sophie s'est mise à l'écart, mains jointes entre les genoux. Rose le remarque : sa fille a refusé de s'habiller, préférant demeurer en jeans, et elle n'est descendue de sa chambre qu'au tout dernier moment. D'habitude, Sophie aime les fêtes, jouer la jeune fille de la maison qui passe les petits fours. Qu'a-t-elle ? Aurait-elle deviné, pour sa mère ? Mais non, impossible...

« Ce doit être ça, se sentir coupable, se dit Rose. On croit voir des signes partout, subodorant des dangers là où ils n'existent pas. »

Elle s'approche de sa fille :

– Ça va ma chérie ? Tu n'as pas l'air de t'amuser !

– De quoi ? répond Sophie, l'œil glacé.

– Tout le monde est heureux aujourd'hui, non ?

– Eh bien, pas moi.

Rose prend conscience qu'il y a bien deux jours que sa fille fait la tête, mais, jusque-là, elle n'a pas songé à s'en inquiéter.

– Tu as un problème ?

– Pour ce que tu t'en fiches !

Rose s'assied près d'elle, lui prend la main.

– Tu sais bien que non ! J'étais occupée... Quelqu'un t'a blessée ?

Soudain, la lumière se fait :

– C'est Alain ?

– Cela fait trois jours qu'il ne m'a pas téléphoné.

– Eh bien, appelle-le ! Il a peut-être eu un empêchement.

– C'est à lui de le faire, pas à moi.

Rose s'énerve :

– À quoi joues-tu, Sophie ? Quand on aime, on ne fait pas tant d'histoires.

– Mais je n'aime pas, s'écrie Sophie, je suis amoureuse ! Ça n'est pas pareil ! Toi, tu aimes Papa, tu ne peux pas comprendre...

Comme elle a élevé la voix, leurs amis les plus proches se sont retournés. Rose hoche doucement la tête. Pour son compte, elle n'a pas envie de jouer, et pourtant elle joue : rien de moins que sa vie.

Son regard croise celui de Daniel. Elle et lui sont sur une corde raide, même s'il ne le sait pas. Pour combien de temps encore ?

– Maintenant, dit ce dernier, c'est l'heure de la surprise !

Patrick bondit chercher un gros paquet demeuré dans la voiture.

« Mon Dieu, se dit Rose, il va falloir que j'aie l'air comblée ! La femme la plus heureuse de la terre... »

Les deux hommes lui tendent à quatre mains un carton de couturier.

« Pourvu que ce ne soit pas une fourrure ! » s'angoisse-t-elle.

Mais Daniel connaît ses préjugés, et les respecte. Il s'agit bien d'un manteau ; toutefois, il est en lainage, soie et cachemire, avec un col en fausse fourrure du même ton : bleu.

Le vêtement est ravissant, choisi, cela se sent, avec amour.

Patrick et Daniel ne la quittent pas des yeux tandis qu'elle l'enfile.

– Maman, regarde-toi dans la glace, tu es splendide !

– Comment fait-elle, commente Jacques, pour avoir toujours dix-huit ans ?

– Secret d'alcôve ! lance Daniel en prenant exprès un ton fat.

Rose se jette un regard dans la vaste glace de l'entrée. C'est vrai qu'elle est à son avantage dans ce bleu pâle, couleur de ses yeux ! Aussitôt, elle se jure que jamais elle ne mettra ce manteau, qui lui sied si bien, quand elle ira voir Georges.

C'est après en avoir pris la résolution qu'elle peut les remercier.

Dans la semaine qui suit son anniversaire de mariage, Rose se rend au guichet de la poste restante. Une lettre l'y attend, un message sans fioritures, avec une proposition : si elle reçoit cette lettre à temps, elle peut téléphoner tel jour, à telle heure, à tel numéro. Pas de signature, pas de formule amoureuse. Mais ce qu'il y a de mieux : une offre de rencontre.

Le rendez-vous téléphonique est pour le lendemain – à un jour près, Rose le ratait !

À l'heure dite, elle retourne à la poste, compose le numéro. Georges décroche presque aussitôt et l'enchantement s'abat sur eux deux.

Pourtant, ils n'ont pas leur voix habituelle. Celle de Georges est plus grave, semble-t-il à Rose qui sent la sienne plus contenue, tant elle a la gorge serrée. Quand elle sort de la cabine, ses mains tremblent.

Elle va le voir, c'est un cadeau du Ciel !

S'excusant de ne pouvoir mieux lui proposer, Georges lui a donné rendez-vous dans un hôtel d'un quartier qui n'est pas le leur, les Buttes-

Chaumont. Avec sollicitude, il l'a déchargée par avance d'un éventuel contretemps : « Si tu ne viens pas, je saurai que tu n'as pas pu. Ce n'est pas grave. Tu me rappelleras au même numéro, le même jour, la semaine suivante. » Il ne veut pas que l'incident du *Mac-Mahon* se reproduise car elle en a trop souffert.

Maintenant qu'ils savent pouvoir se joindre et se retrouver, s'ils devaient se rater, ce ne serait pas grave : seulement affreux !

Jusqu'au jour dit, Rose redoute un imprévu aussi soudain et impérieux que la crise d'appendicite de Sophie. Par précaution, elle part de chez elle une heure trop tôt. Comme ça, elle se rend injoignable...

Mais sa peur de manquer Georges n'est pas levée pour autant ; aussi préfère-t-elle prendre l'escalier pour le cas où l'ascenseur tomberait en panne. Dans la rue, elle attend patiemment le feu pour piétons, elle craint trop d'avoir un accident en traversant. Elle s'est souvenue d'un film d'avant-guerre, *Elle et Lui,* dans lequel un homme et une femme tombés amoureux l'un de l'autre vont se rater parce qu'en allant au rendez-vous qu'ils se sont donné un an auparavant – le temps de se libérer l'un et l'autre de liens antérieurs –, la jeune femme se fait renverser.

Lui l'attend déjà au sommet d'un building new-yorkais. C'est parce que, dans son impatience à le savoir là, elle a levé la tête, qu'elle n'a pas vu venir le véhicule. Au bout de quelques heures, n'ayant pas prêté attention aux bruits de sirène de l'ambulance, et ne la voyant pas arriver, l'homme se résigne à l'idée qu'elle ne veut pas de lui et s'en va...

Des années plus tard, il la rencontre par hasard, poussée par une nurse dans une petite voiture, et comprend enfin ce qui s'est réellement passé...

Ils s'aimaient, mais le sort n'a pas voulu qu'ils soient réunis dans la vie.

C'est en remâchant cette lugubre histoire que Rose arrive une heure trop tôt devant l'hôtel, prête à faire les cent pas. Or, elle aperçoit la Mercedes rangée non loin, Georges derrière le volant. Il devait la guetter, car il sort aussitôt de la voiture, vient à sa rencontre, l'étreint en pleine rue.

Ils sont ensemble, le reste du monde s'abolit.

Jusque-là, Rose est allée à leurs rencontres amoureuses avec, chaque fois, l'appréhension que ce soit la dernière. D'où son élan. Mais, puisque cette liberté qu'elle s'accorde ne trouble personne, que la vie paraît continuer comme à l'accoutumée, elle en accepte une autre, puis encore une autre...

Comme lorsqu'on ne peut s'empêcher de reprendre de ces biscuits apéritifs dont le goût est étudié pour vous rendre incapable de résister à l'envie de les consommer jusqu'à épuisement du paquet.

Non que Georges et elle se soient laissés aller sans contrainte ; au contraire, ils ont fait en sorte de préserver leur secret par une discipline sévère : ils ne se sont vus qu'à intervalles espacés, jamais plus de deux ou trois heures de suite.

Dur est le moment de se quitter, mais ni l'un ni l'autre ne s'en plaignent : dès le départ, ils ont pris le parti de considérer leur attirance mutuelle comme un don du Ciel ; il est presque de leur devoir d'en profiter tant que c'est là, et possible.

– Ma vie n'est plus la même depuis que je t'ai rencontré, lui dit parfois Rose. En vérité, c'est moi qui ne suis plus la même !

– En effet, tu es à chaque fois plus belle, répond Georges. Un jour, je ne vais plus te reconnaître...

– Mais toi aussi, tu changes ! Je te trouve plus grand, plus fort, il me semble que tu te tiens plus droit.

– C'est que je cours...

– Tu fais du jogging ?

Il a ri.

– Je suis tout le temps en train de courir vers toi, c'est ce qui me muscle et développe mon souffle !

Rose ne s'en est pas serrée plus fort contre lui, elle ne peut pas : lorsqu'ils sont ensemble, ils demeurent accolés, nus, enlacés, encastrés, même, incapables de s'éloigner, fût-ce pour un besoin naturel. C'est comme un phénomène magnétique qui semble surnaturel, alors qu'il est bel et bien réel.

– Si tu cours tant, tu vas finir par me rattraper, a-t-elle murmuré ce jour-là d'un air rêveur.

Prémonition ? C'est ce qui vient de se passer.

« Maintenant, nous n'allons plus pouvoir continuer ainsi ! » se dit-elle, marchant dans la rue au hasard après être sortie du cabinet médical où elle a appris le verdict.

À quelques signes invisibles à tout autre qu'elle-même, Rose s'en était un peu doutée, tout en se disant que ce n'était pas possible : après tout, elle vient d'avoir trente-six ans...

« Mais c'est très jeune, Madame ! » s'est écrié le gynécologue de ce centre où on ne la connaît pas. Elle a donné un faux nom, une fausse adresse. « Certaines de mes clientes ont presque cinquante ans. L'âge des femmes n'est plus ce qu'il était, sans doute parce qu'elles mènent une vie plus facile... »

Le médecin a-t-il eu une intuition ? « ... Aussi parce qu'elles sont amoureuses plus longtemps ! »

Cela s'est produit pendant les trois semaines d'absence de Daniel, parti pour ce voyage d'affaires au Brésil qu'il fait une fois l'an et qu'il apprécie. Au cours de cette période, Georges et elle se sont permis de se voir plus souvent, tous les quatre-cinq jours, et elle a « oublié » de prendre la pilule.

En fait, elle s'en abstenait depuis déjà plusieurs mois, pour laisser reposer son organisme, comme le lui avait recommandé son médecin traitant, et Daniel, au courant, prenait ses précautions.

Elle n'en avait pas parlé à Georges. Ni l'un ni l'autre n'avaient envisagé la possibilité qu'elle tombât enceinte. « Comme si nous étions seuls au monde », se dit Rose en avançant d'une rue à l'autre dans ce quartier qu'elle ne connaît pas, son sac bien serré contre sa poitrine. « Nous nous sentions tellement proches que personne, pas même un enfant, ne pouvait se glisser entre nous... »

Depuis trois semaines, quatre au plus, il est pourtant là.

Pour l'heure, elle est seule à se savoir *pleine.*

À peine le mot lui vient-il à l'esprit qu'elle entre dans un square, s'assied sur un banc, les jambes coupées. Incapable de dire ce qui la submerge le plus : la joie ? la douleur ?

Les deux, sans doute.

Des enfants jouent autour d'un bac à sable, crient, laissant fuser leur vitalité toute neuve. Il y a longtemps qu'elle n'est plus allée dans un jardin public : dès que Patrick a été assez grand pour faire du sport. Vivre parmi des enfants installe hors du temps, se dit-elle ; leur proximité l'apaise, lui permet de commencer à faire le point.

En fait, elle se sent prise de court, comme lorsqu'elle est tombée amoureuse de Georges. Cet enfant non plus, elle ne l'attendait pas, elle ne l'a pas voulu, c'est lui qui a voulu prendre vie en elle.

« Le fruit de notre amour », murmure Rose, un bras replié sur son bas-ventre.

Est-ce parce qu'il fait chaud – la douceur d'un premier printemps – et qu'elle sent le soleil couchant sur sa nuque, comme une caresse appuyée ? Est-ce parce qu'elle a soif, depuis des heures qu'elle marche ? La vieille formule lui paraît prendre tout son sens : elle imagine une sorte de poire juteuse, sucrée, bonne à croquer !

Qui est aussi le fruit défendu...

Elle devrait se sentir coupable. Elle n'y parvient pas.

Rose se dit qu'avant de raisonner plus, il faut qu'elle parle à Georges, qu'elle lui annonce ce qu'elle ne peut s'empêcher d'éprouver comme une bonne, une merveilleuse nouvelle : leur amour attend un enfant !

Puis, c'est l'imprévu. Daniel appelle de Rio pour leur annoncer que son retour est retardé : du fait de la défection d'un de ses collaborateurs, malade, il doit se rendre en Corée à sa place et ne rentrera que trois semaines plus tard.

Les enfants grognent, ronchonnent. S'arrachant l'écouteur, ils prient leur père de revenir le plus vite possible, ils s'ennuient de lui, ils ont tant de choses à lui raconter. Chacun se met d'ailleurs à exprimer sur-le-champ ses récriminations – contre l'autre –, à faire part de ses succès scolaires ou sportifs, et Rose juge bon d'écourter la conversation. Non que Daniel paraisse s'impatienter, mais c'est elle qui éprouve un malaise à les entendre commencer toutes leurs phrases par : « Il faut que je te dise... », ou : « Il y a du nouveau... »

Oui, il y a du nouveau. Et même du terrible !

Ainsi, le retour de Daniel est retardé de presque un mois. Un délai qui, sur l'instant, paraît sans fin à Rose : tant de choses peuvent se passer d'ici là, tant de pensées tourbillonnent dans sa tête !

Une fois les enfants couchés, les nécessités du quotidien réglées, le programme du lendemain arrêté, c'est pendant la nuit qu'elle se livre tout entière à ses fantasmes.

Allongée bien au milieu du grand lit où elle n'attend personne, une main sur son ventre, Rose se met à vivre pour de bon, c'est-à-dire pour elle-même.

De sa vraie vie.

Celle qui consiste à imaginer ce qui se passerait si le destin, au lieu de les écraser, ménageait les humains. Tant d'entre eux comptent à peine plus que ces abeilles ouvrières qui meurent au bout de trois semaines, leur tâche accomplie.

Lorsqu'elle était enfant, juste avant de s'endormir, elle se laissait déjà aller à ces sortes de rêveries où tous ses souhaits s'accomplissaient. Son père, qui se plaignait sans cesse de la dureté des temps, devenait riche ; il couvrait leur mère de cadeaux, puis leur achetait une maison à la campagne où il y avait des chevaux, des moutons, et où elle pouvait enfin réaliser le plus cher de ses désirs : élever un chien... Elle le voulait tout juste né pour que, dès le départ, il s'attachât à elle et ne souffrît pas d'être séparé de sa mère. Tantôt il s'agissait d'un grand chien comme ceux qu'elle rencontrait parfois dans la rue, tenus court par leur maître, faisant peur à tous. Tantôt d'une petite boule tendre et poilue, comme les loulous de la dame d'en face, sur le palier de leur appartement. Ou alors un chien-clown, noir et blanc, qui comprenait tout ce qu'elle lui disait et réjouissait la famille par ses tours, même son père, si souvent morose.

Il y avait aussi, dans la maison de ses rêves, une piscine où ils nageaient tous ensemble, se souriant et s'aimant de tout leur cœur dans une eau si douce, si tiède qu'elle poussait un grand soupir d'aise et finissait par s'endormir...

Son bébé aussi sera doux et tiède ! Dès qu'il ouvrira les yeux, il verra Georges et elle penchés sur lui, il leur sourira de sa bouche édentée, et le monde sera en ordre pour toujours !

La conception d'un enfant n'est-elle pas le plus bel acte d'amour ? Le monde ne peut-il pas que se réjouir de l'apparition d'un nouveau-né ?

Toutefois, quelque chose chez Rose demeure en alerte, n'ajoute pas foi à ces pensées de paix et de bonheur universels.

D'ailleurs – crainte, précaution ? – elle n'a encore rien révélé à Georges de son état.

À leur dernier rendez-vous, lorsqu'ils se sont retrouvés au lit, elle s'est seulement arrangée pour qu'il pose sa tête sur son ventre. Ainsi était-il, sans le savoir, en contact avec leur enfant.

Quelque chose en lui a dû le percevoir à son insu : lorsqu'il a relevé la tête pour la regarder et l'embrasser, Rose a lu une intense joie dans ses yeux. Elle a ouvert la bouche pour lui dire ce qu'il en était, qu'elle était enceinte – et puis elle s'est tue. Quelle sérénité entre eux deux !

Elle n'a pas eu envie de la troubler, pas tout de suite. Ils avaient encore quelques jours devant eux... Ils pouvaient s'autoriser une autre longue rencontre avant le retour de Daniel.

De toutes façons, d'ici que l'enfant – elle ne dit pas le fœtus – ait atteint ses trois mois, rien ne se verra.

Elle a droit à cette trêve, elle tient à se l'accorder comme si elle avait le pressentiment qu'elle est en train de vivre le meilleur de sa vie.

Une fois en Corée, Daniel téléphone aux siens. Il trouve le temps long, leur confie-t-il, surtout le soir dans des hôtels qui ressemblent plus à des dortoirs qu'à des palaces, et il a hâte de retrouver son foyer.

C'est l'ampleur de sa confiance qui meurtrit Rose : Daniel ne risque-t-il pas, à son retour, une affreuse déconvenue ? Elle prend la décision de parler à Georges dès leur prochaine rencontre.

Elle s'aperçoit alors qu'elle prépare ses mots, précaution qu'elle n'a pas d'ordinaire avec son amant car cela mène trop souvent à son contraire : d'avoir en pensée dégagé la voie permet à des sentiments plus vifs, jusque-là contenus, de jaillir à la surface.

Exceptionnellement, Rose lui a demandé qu'ils se retrouvent au restaurant du parc des Buttes-Chaumont afin qu'il y ait entre eux deux de la distance – celle d'une table –, et un public, fût-il anonyme.

C'est qu'à force d'y repenser, le soir, seule dans son lit, Rose a fini par s'avouer qu'il s'agit là d'un événement beaucoup plus énorme et en même temps incernable qu'elle ne l'avait envisagé les premiers jours.

Ainsi en est-il d'ailleurs de toutes les grossesses : au début, ce n'est rien, puisque rien n'est encore perceptible. Si elle le désire, la future mère peut demeurer seule avec son secret, jusqu'à l'oublier. Mais l'invisibilité ne dure pas, l'être en formation envahit la scène comme une maladie dont il n'est bientôt plus possible de dissimuler les symptômes, et tout est changé.

Reste que, dans leur cas, jamais Georges ne lui a dit qu'il était envisageable qu'il quitte sa femme et sa fille pour elle.

Et il n'est pas question, bien sûr, de faire « encaisser » par Daniel l'enfant d'un autre.

Rose devra-t-elle se séparer de son mari et se retrouver seule, peut-être, sans ses premiers enfants ?

Le drame que Georges et elle se sont efforcés d'éviter s'est mis comme de lui-même en marche. Son ménage va se trouver pulvérisé, la quiétude de ses enfants aussi. Ce qui est pire, la confiance en leur mère, qu'elle a si bien su leur inspirer jusque-là, qui les aide à grandir et à se développer dans un monde difficile et cruel, va se trouver anéantie. Sur quelques mots, ce sera comme si elle écorchait vifs ses propres enfants et son mari.

Tout cela au nom de quoi : de l'amour ?

L'idée est à la fois odieuse et paradoxale, et Rose ne peut plus y faire face toute seule. Elle a besoin de Georges, de l'opinion de Georges, qu'elle sent un homme sûr.

Mais elle ne veut pas lui faire l'aveu de sa grossesse dans une chambre d'hôtel ; elle ne sait pourquoi, elle tient à éviter l'intimité à ce moment-là.

À la rigueur, elle pourrait lui parler dans la voiture, mais, plus elle y pense, plus s'affirme son désir d'un entourage, quel qu'il soit. C'est en fonction des autres qu'ils doivent prendre leur décision, c'est par leurs yeux qu'ils ont à se juger.

Eux-mêmes, bien sûr, ne peuvent que se sentir entièrement innocents, protégés qu'ils sont par leur amour. Il n'en ira pas de même devant le tribunal de leur entourage respectif : face à ceux-là, ils sont coupables et condamnés d'avance. Des traîtres.

Ce que Rose ressent comme le meilleur d'elle-même, le cœur de son cœur, vu par ses proches, passera pour une vilenie.

Son ventre se serre dans un spasme douloureux dès qu'elle y songe. Aussitôt, elle tente de réfréner son émotion pour que le bébé n'en subisse pas le contrecoup, car il est impossible qu'une si forte contraction n'aille pas jusqu'à lui.

Une autre pensée sur laquelle elle ne souhaite pas s'attarder, pour ne pas endolorir son enfant déjà bien-aimé, c'est la possibilité de recourir à l'avortement.

Mais c'est inévitable : tout au fond d'elle-même rôde la tentation du forfait.

Qui serait aussi la délivrance. Le retour à la tranquillité des jours d'avant.

Qu'en penserait Georges ? Jamais Rose ne l'a vu en colère, et c'est le côté de leur amour qui lui est le plus précieux. Ils ne se sont jamais opposés, ils naviguent de conserve dans le fleuve agité de la vie. Si elle lui parlait d'avorter pour retrouver leur paix clandestine, que dirait-il ?

Mais si c'était lui qui proposait spontanément d'y recourir ?

Quelle femme ne s'est retrouvée un jour ou l'autre la proie médusée de ce genre de débats ? Son corps ne représente qu'un réceptable pour la nature, qui se fiche bien du destin de la personne en elle. Si elle n'y prend garde, une fois « prise », comme dit si justement le langage courant, c'est de l'homme, du père qu'elle attend une solution honorable.

Mais là, se demande Rose, peut-il y en avoir une pour elle ?

À nouveau le spasme douloureux, incontrôlable.

Rose se penche en avant, s'oblige à respirer à fond, les deux mains sur son ventre : « N'aie pas peur, mon petit ange, n'aie pas peur... »

Elle est sur le point de quitter son appartement pour aller à leur rendez-vous quand le téléphone sonne. C'est Georges.

– Rose, pardonne-moi de t'appeler chez toi, mais je ne peux pas venir. Un empêchement qui ne dépend pas de moi et que je ne peux esquiver.

Ce doit être à nouveau un problème avec sa femme. Si c'était d'ordre professionnel, ou s'il était tombé malade, il le lui dirait.

– Dès que j'y vois plus clair, je t'envoie un mot à l'endroit habituel pour te fixer un autre rendez-vous ; j'espère que tu seras libre.

– J'espère que, pour toi, ce ne sera pas trop grave...

– Le grave, c'est que je ne vais pas te voir cet après-midi.

– Je penserai à toi. Je pense à toi.

Que fait-elle d'autre, la plupart du temps ?

Le téléphone raccroché, Rose s'assied, abattue.

Elle comptait tellement sur cette rencontre pour l'aider à clarifier sa pensée, prendre une décision pour l'avenir ! Daniel rentre dans trois jours.

Au ton de Georges, elle a compris qu'il n'y avait aucune chance qu'elle puisse le voir avant. Il va donc falloir qu'elle se décide : ou elle annonce à son mari qu'elle attend un enfant qui n'est pas de lui, ou elle prolonge encore un peu le silence. Pendant ce temps, le bébé se développe, lui devient de plus en plus précieux, et la décision va se prendre d'elle-même : elle va le garder !

Au risque de faire voler en éclats sa famille.

Pour la première fois depuis sa rencontre avec Georges, Rose se sent seule. À peine l'a-t-elle pensé qu'elle s'en veut : quoi qu'elle fasse, quoi qu'elle décide, Georges la soutient.

Et c'est en pensant à leur lien si profond que Rose se dit qu'elle ne doit pas mettre volontairement fin à la vie de cet embryon. Elle va aller chercher Daniel à l'aéroport de Roissy, et là, dans le bruit des avions en partance, la va-et-vient des voyageurs qui n'ont aucun regard les uns pour les autres – la plupart ne font que se croiser et ne se reverront jamais –, elle lui avouera tout.

Lui dira qu'elle a fait une rencontre, et qu'elle est maintenant enceinte. D'un autre homme.

Les trois derniers jours paraissent interminables à Rose.

Non qu'elle soit pressée de être confrontée à Daniel, mais, à présent qu'elle a pris sa décision, elle aimerait se trouver au-delà.

Les enfants, eux, semblent plus joyeux que d'habitude. En vérité, ils attendent le retour de leur père, lequel s'arrange chaque fois pour en faire une fête. Il rapportera d'Asie des cadeaux, peu onéreux mais poétiques, inattendus : des dragons en papier, des boîtes de toutes les couleurs, des images découpées, et surtout des histoires.

Daniel est un conteur, un bon diseur : il met en scène, joue les personnages les uns après les autres, et les enfants se tordent de rire. Rose aussi. Elle soupçonne son mari d'en rajouter lorsqu'il narre par le menu comment il a mangé du chien en Extrême-Orient, de l'araignée en Mauritanie, et bu au Brésil une décoction censée le rendre immortel...

Personne n'est dupe, mais le conte de fées,

qui tend à s'estomper en Europe, reprend là toutes ses couleurs.

Rose y songe en usant les heures comme elle peut, rangeant les armoires, nettoyant la maison... Que sera-t-il de tout cela dans trois jours, deux jours, un jour ?...

– Tu crois que Papa aura pensé à mon anneau de jade ? demande Sophie.

– Sans aucun doute.

– Du vrai jade ?

Elle va leur gâcher leur fête. Leur bonheur. Elle, leur mère ! Au nom d'un nouvel amour, d'un nouvel enfant.

Est-ce juste ?

C'est alors que la douleur surgit, un petit pincement d'abord, du côté du cœur – et c'est bien normal. Elle se sent tellement stressée, contractée, malheureuse au fond, même si, la nuit, seule avec l'enfant, elle retrouve fugitivement un sentiment de plénitude. Puis la douleur migre vers le ventre et, le jour précédant l'arrivée de Daniel, Rose reste des heures couchée. En passant devant la glace, elle découvre soudain son visage pâli, ses traits tirés.

Elle se morigène : « Quand on est au milieu du gué, il ne reste plus qu'à poursuivre. Tu vas faire souffrir, il est normal que tu souffres aussi. Plus qu'eux, même... »

La vraie douleur la saisit dans la voiture.

À la plier en deux. Elle est obligée de s'arrêter un instant sur un parking pour reprendre son souffle.

Dès qu'elle aura vu Daniel, se dit-elle, ça ira

mieux, du moins physiquement. Et, pour le retour, elle lui demandera de conduire...

Là, une main sur son ventre, elle sent qu'elle y parvient de plus en plus mal.

Quand elle arrive à l'aéroport, l'horloge extérieure lui apprend qu'elle est en retard de vingt-cinq minutes, mais peut-être que l'avion aussi ? De toutes façons, les voyageurs doivent attendre leurs bagages après leur passage en douane.

Ça ira.

Mais, non, ça va de moins en moins...

À peine s'est-elle péniblement extraite de la voiture qu'elle sent quelque chose couler entre ses cuisses. Elle passe la main, regarde le bout de ses doigts : c'est du sang !

Une hémorragie.

Il ne manquait plus que ça ! Et elle n'a rien pour se garnir, bien sûr. Elle fait en vain le tour des poches de la voiture, de la boîte à gants, du coffre, à tout hasard ouvre son sac. Il s'y trouve quelque chose : le foulard bleu !

Une sorte de rire qui ressemble à un sanglot lui échappe. Cela fait plusieurs jours que Rose l'a glissé dans son sac comme un fétiche, un talisman.

En fait, depuis que Georges a décommandé leur rendez-vous et qu'elle s'est sentie « sans lui ».

Le foulard, c'est un lien entre eux deux, le symbole de sa présence, puisqu'elle n'a voulu jusqu'ici aucun bijou, aucun cadeau, aucun objet venant de lui.

Alors elle prend le foulard et, dissimulée

derrière la carrosserie de sa voiture, le glisse entre ses cuisses, calé par sa culotte, pour colmater un peu la « fuite ». Il faut qu'elle tienne bon pour pouvoir aller jusqu'à Daniel, lui expliquer...

En pénétrant dans le hall, Rose, blafarde, glisse mollement sur le dallage.

« Ne t'en fais pas, c'est fini, tout va bien ! » la rassure Daniel dès que sa femme émerge de l'anesthésie et l'interroge du regard.

Il lui tient la main et Rose perçoit qu'elle gît sur un lit de clinique ou d'hôpital. Elle se souvient d'avoir été transportée en ambulance dans un état de semi-conscience dont elle ne cherchait pas à sortir. Elle se laissait aller.

Maintenant aussi elle se laisse aller ; son ventre ne lui fait plus mal, tout son corps est paisible, apathique.

Daniel la considère avec sollicitude : elle n'a rien à craindre, son mari l'a prise en charge.

Alors elle se met à pleurer doucement, à petits coups.

Daniel est perplexe, puis tente de la consoler :

– Ce n'est pas une maladie, le médecin dit que tu as dû tomber enceinte sans t'en apercevoir ; le fœtus n'a pas tenu ; pour tout nettoyer, il t'a fait un curetage, il n'en restera rien...

C'est pour cela même que Rose pleure : à

cause des mots « c'est fini » et « il n'en restera rien... ».

Une infirmière entre à ce moment, la considère :

– Un peu de dépression, cela arrive souvent après une hémorragie ; c'est le résultat du choc ! Du repos, du sommeil, et il n'en restera rien...

La même formule qui la blesse au plus profond, car elle signifie pour Rose qu'il ne subsiste plus trace de son bébé !

En revanche, à écouter l'infirmière, le visage de Daniel s'est détendu : pour lui, tout est normal, puisque l'état mélancolique de Rose est lié à des causes purement physiques.

Les voir si rassurés, son mari et la représentante du personnel soignant, comme s'il n'y avait que sa santé à elle qui comptait, achève d'accabler Rose. Par réaction, elle a envie de tout avouer.

Mais quoi, exactement ? Qu'elle était enceinte ? Cela, Daniel le sait. Que c'était d'un autre ? Si elle désire mettre le feu aux poudres, faire éclater leur ménage, c'est le bon moyen !

Elle y était décidée quand elle sentait l'enfant dans son ventre ; maintenant, elle n'en a plus l'énergie. En même temps que l'embryon est parti, elle s'est vidée de tout désir de révélation.

Le secret – qu'elle était enceinte d'un autre homme que son mari – est périmé. Avec un médecin qu'elle ne reverra plus, Rose est seule à en garder non pas la trace – il n'y a plus de trace – mais le souvenir, puisque Georges ne le sait pas non plus.

Ils n'ont pas communiqué, elle ne l'a pas revu depuis plusieurs semaines. Georges ignore qu'elle attendait cet enfant de lui et ne sait pas non plus qu'elle l'a perdu. Il n'est au courant de rien.

Encore ce *rien* qui revient, pareil à un leitmotiv !

À chaque fois qu'elle l'entend proférer ou qu'elle-même le pense, il semble à Rose que le mot lui perce le cœur d'une façon plus lancinante que ne l'ont fait, naguère, les subites contractions de la douleur.

Trois semaines après l'accident – ou faut-il dire l'« incident » ? – Georges lui fait à nouveau signe par une lettre adressée poste restante. Sur le coup de téléphone de Rose, il lui donne rendez-vous dans leur quartier habituel.

Rose est tout à fait rétablie. Le médecin de l'hôpital a dit qu'elle le serait au bout de ce délai. D'ici là, il déconseillait les rapports et, de toutes façons, recommandait à Daniel d'utiliser des préservatifs. Il valait mieux que Rose cesse définitivement de prendre la pilule. Son organisme avait été assez chahuté comme ça.

La jeune femme a écouté le discours médical, prononcé au pied de son lit, comme s'il ne la concernait pas. Ces gens l'avaient « sauvée », en quelque sorte, en jugulant une hémorragie autrement fatale, ils avaient donc leur mot à dire. En même temps, elle se sentait à distance d'eux et d'elle-même. Quand votre corps vous trahit, vous l'abandonnez à ses caprices...

Il lui fallait aussi reconnaître qu'elle éprouvait un lâche soulagement, d'où son indifférence... Elle n'avait plus à se torturer pour se demander ce qu'elle devait faire et dire aux uns et aux autres.

C'est que la venue au monde d'un enfant, même si elle se produit dans un seul corps, n'est pas une affaire privée. Rose ne l'a jamais autant ressenti que pour celui-ci. Sophie et Patrick, son mari et elle les avaient voulus, presque portés ensemble. Ce qui avait alors paru tout naturel à Rose. Tandis qu'avec celui-ci, tout, depuis le départ, avait été étrange. Bouleversant. Hors du commun. Épuisant.

L'épreuve – ainsi nommait-elle sa grossesse avortée – était maintenant terminée. Rose n'avait plus qu'à attendre, en vivant sa convalescence, de revoir Georges.

Tout ce temps, elle s'est rendu compte qu'elle n'a cessé d'espérer un signe de lui, de savoir qu'il viendrait, tout en remuant dans sa tête, encore et encore, ce qu'elle lui dirait alors.

Mais, lorsqu'elle s'imagine à présent se jetant dans ses bras pour lui raconter ce qui vient de se passer, le dérisoire en même temps que le « mauvais goût » de ce qu'elle a à annoncer la paralysent. « J'étais enceinte de toi, et, au moment où j'allais l'avouer à Daniel, j'ai eu une hémorragie. Alors, tout est rentré dans l'ordre, et me voici ! »

Georges sera suffoqué, meurtri, malade – du fait même qu'il n'aura pas eu « son mot à dire ». Puisque tout se sera passé en dehors de lui et avec l'aide d'un autre homme – Daniel !

Au fond, Rose ne sait pas d'avance comment Georges peut réagir. Peut-être sera-t-il affreusement déçu que leur enfant ne soit pas venu à terme ? Alors, elle-même risque d'en souffrir encore davantage.

Si, au contraire, son amant manifeste un soulagement semblable au sien, cela la blessera également, même si elle ne peut que l'approuver : ils n'étaient certes pas en mesure – pas encore – de détruire leurs vies respectives pour en construire une autre ensemble.

À force de remuer ces hypothèses, Rose, en allant à leur rendez-vous, se dit qu'après tout, elle est une sotte de vouloir à tout prix se « confesser ». Ce qui s'est passé ne regarde pas vraiment Georges, puisqu'il s'agit d'un fait qu'il n'a ni voulu ni contrôlé. Pas plus qu'elle.

C'est ce que l'enfant, plus sage qu'eux, a dû percevoir : il n'y avait pas place pour lui sur terre ! Il s'était trompé d'incarnation ! Et, s'agissant d'un « petit ange », comme Rose continue de l'appeler dans son for intérieur, il a de lui-même décidé de renoncer.

Il s'est avorté, il a fausse-couché. Délivrant ainsi ses concepteurs, qui n'étaient pas en mesure de se reconnaître comme ses père et mère, du fardeau, trop lourd pour eux, de sa venue !

C'est dans cet état d'âme somme toute positif que Rose retrouve Georges au café du coin de la rue où se trouve l'hôtel.

D'emblée, elle est frappée par sa mauvaise

mine ; Georges est pâle, amaigri, avec des cernes bleus sous les yeux.

En même temps, quel bonheur de le voir, de le toucher !

Sans un mot, ils entrecroisent leurs doigts par-dessus la table et se regardent au fond des yeux.

À nouveau Rose se sent en paix.

Que d'histoires elle s'est racontées, que d'inquiétudes, alors que rien ne pourra jamais atteindre l'essentiel de ce qui les fait vivre l'un et l'autre !

Leur amour...

Bientôt ils éprouvent le besoin de fuir la foule et, sans avoir commandé de consommations, c'est d'un même mouvement qu'ils se dirigent vers la sortie.

Une fois sur le trottoir : « Viens, dit Georges en la prenant par la main, allons dans le square. »

Le petit jardin public est protégé de la rue par des haies de verdure et pratiquement désert à ces heures, d'autant plus qu'il bruine un brin.

Cette grisaille, songe Rose, est comme un voile de tulle qui a l'avantage, même s'il les mouille quelque peu, de les isoler des autres.

Ils sont toujours plus heureux lorsqu'ils se sentent à l'écart.

Contrairement à leur habitude, c'est Georges qui prend le premier la parole. Pour raconter. Se raconter.

Il tient à s'excuser d'être si longtemps demeuré dans le silence.

– Le jour où je t'ai téléphoné pour te dire que je ne viendrais pas à notre rendez-vous, Lise venait de faire une nouvelle tentative de suicide. Assez grave : comprimés avalés, veines des poignets ouvertes. J'ai dû la conduire d'urgence à l'hôpital et, pendant qu'on la prenait en charge, je me suis entretenu avec les psychiatres qui la connaissaient déjà. C'est, hélas, un état dont elle souffre depuis des années et qui va en se dégradant.

– Elle n'est pas suivie ?

– Elle voit souvent des psychologues, des analystes, mais, d'après ce que j'ai compris, il y a à cela une cause quasi organique, chez certaines personnes dont elle est, et les traitements psychologiques ne peuvent pas la guérir. Ils l'occupent, la soutiennent un certain temps, mais, tout à coup, pour une raison quelconque, une contrariété, une déception, elle craque et passe à l'acte. De façon imprévisible.

– Qu'en dit-elle ?

– Elle ne se rend pas vraiment compte de son état, d'autant moins qu'il y a des moments où elle est normale. En fait, elle traverse des phases opposées : parfois elle est excitée, exaltée même, pleine de vie, trop, puis, d'un seul coup, c'est l'effondrement, le coup de barre, la mélancolie, l'alitement...

– Ne serait-elle pas maniaco-dépressive ?

– Il y a tant de façons de l'être... Elle présente aussi des symptômes de paranoïa : à l'entendre, il n'y a qu'elle à tout savoir, à tout bien faire, et elle a toujours raison ! Surtout contre les médecins.

Il soupire : « C'est très difficile à vivre... D'autant que... »

Rose sent qu'il n'a nulle envie d'accuser sa femme, qu'il juge irresponsable. N'empêche qu'il en a gros sur le cœur.

– D'autant que...

– Lise voudrait que je sois toujours auprès d'elle. Elle m'en veut dès que je pars travailler.

– Mais tu ne peux pas...

Elle a failli dire : « sacrifier ta vie ». S'est retenue. Georges aurait pu en conclure qu'elle pense : « nous sacrifier ». Or, ce n'est pas ce que Rose ressent. Il s'agit de lui, non d'elle. C'est cet homme, dans sa vie quotidienne, qui vit un martyre, même s'il s'abstient de le reconnaître.

Rose tente de le faire à sa place.

– Mon père a été déprimé durant toute la dernière partie de sa vie. C'était sans arrêt le chantage au suicide... Odieux ! Je me souviens d'un jour où, pendant qu'on lui faisait un lavage d'estomac, il nous épiait du coin de l'œil avec un air triomphant ! J'avais envie de le gifler, de l'étrangler aussi, parfois. En même temps, ce n'était pas sa faute, il souffrait... Tu sais ce qui m'a paru le pire ? L'impuissance ! On se sentait tellement impuissants, tous. Certains ont d'ailleurs vite cessé de le voir ; les hommes supportent mal...

– De se sentir impuissants ?

Il a ri, réconforté d'être compris, de pouvoir partager.

Sa voix est plus claire, il lui entoure la taille.

– Quel bonheur, Rose, d'être avec toi !

– Oui, dit-elle sans rien ajouter.

Elle vient de se déterminer : elle ne lui avouera pas qu'ils ont perdu un enfant.

Georges n'est pas en état de « perdre » quoi que ce soit de plus, et s'il ne sait pas ce qui s'est produit, eh bien, il n'aura rien perdu du tout. Du moins de leur côté.

À elle, Rose, de porter seule ce drame, en silence.

C'est tout ce qu'elle peut faire en ce moment pour lui.

– Veux-tu qu'on y aille ? propose-t-elle.

D'habitude, Rose attend que ce soit Georges qui décide de se rendre à l'hôtel, mais, aujourd'hui, elle le sent mal à l'aise, mécontent de lui.

Il le confirme par l'aveu d'un doute qui n'est pas dans son genre :

– Tu ne m'en veux pas ?

– De quoi ?

– De ne pas être libre. Entièrement libre pour toi ?

Rose prend entre ses mains le visage tourné vers elle et que l'anxiété rend enfantin, l'embrasse avec passion.

– Moi non plus, je ne le suis pas ! Sauf quand je suis seule avec toi... Alors je me sens plus que libre : immortelle, éternelle...

– Dans ce cas, allons-y.

Du moins ont-ils ça.

Il fait une de ces chaleurs caniculaires comme on en connaît parfois à des périodes inhabituelles de l'année. À peine se sont-ils retrouvés, ce jour-là, que Georges propose à Rose de quitter Paris pour une promenade à la campagne.

Elle sourit :

– J'en avais bien envie, mais je n'osais pas te le demander, craignant que tu n'aies pas assez de temps...

Georges est toujours le plus pressé :

– Aujourd'hui, je peux disposer de mon après-midi.

Il n'en dit pas plus. En fait, ni l'un ni l'autre ne tiennent à dévoiler les quelques mensonges ou omissions par lesquels ils parviennent à se ménager du temps libre. Ces stratagèmes coûtent à leur honneur. Mais c'est le prix à payer pour leurs rencontres.

– L'endroit où je désire te conduire n'est pas très éloigné, lui dit Georges, mais, une fois qu'on y est, on se croit au bout du monde.

C'est là que nous nous promenions, le dimanche, avec mon père.

– Cela n'a pas changé depuis cette époque ?

– Presque pas. C'est devenu un parc public et classé.

La voiture emprunte le périphérique jusqu'à la sortie ouest, en direction de Rouen. Par l'embranchement de Versailles, ils aboutissent sur l'esplanade du Château, que Georges leur fait contourner. Laissant la voiture sur la nationale 10, Georges, en habitué, entraîne Rose par la grille proche de la *Lanterne*, un chemin peu utilisé par le grand public.

– Nous abordons le parc par les petites entrées...

En quelques instants, ils se retrouvent en pleine campagne.

– On dirait notre parc ! s'extasie Rose, suspendue à son bras.

Des allées ombreuses longent des jardins potagers ; des prés et des bois à l'état naturel achèvent de donner à ce paysage un aspect champêtre, inattendu à si peu de distance du cœur de Paris.

– On se croirait hors du temps !

– Il existe partout des lieux semblables. Il se trouve que je connais celui-ci grâce à mon père ; j'y suis souvent venu seul avec Flore, lorsqu'elle jouait encore au cerceau et prenait plaisir à nourrir les canards.

– Vous deux seuls ?

– Sa mère nous a rarement accompagnés, le grand air la fatigue, les grands espaces l'effraient. Elle a besoin d'être confinée. D'ailleurs, quand sa mère est là, Flore s'inquiète, elle surveille son expression, se rapproche d'elle dès qu'elle la voit traîner en arrière... Ce n'est plus de la détente. Plus tard, nous avons apporté des bicyclettes sur le toit de la voiture pour pouvoir faire le tour du canal...

Rose se serre plus fort contre lui.

– J'aime que tu me parles de ce qui t'est cher...

– Je ne tiens pas à t'embarrasser des détails de ma vie privée, souvent lourds, mais là, c'est un petit coin de ciel bleu et qui remonte, je te l'ai dit, à mon enfance... D'ailleurs, le parc de Versailles est propice aux retours du passé, tu le sais aussi bien que moi, je présume ?

– Que veux-tu dire ?

– Tu n'as jamais entendu parler des deux Anglaises ?

– Je ne crois pas...

– Alors viens. Il faut marcher encore...

Après avoir contourné l'extrême bout du Grand Canal, ils pénètrent dans le domaine du petit Trianon. Georges entraîne Rose par une allée semblable aux autres, mais déserte.

– C'est là !

– Quoi donc ?

– Le 10 août 1901, deux honorables miss anglaises ont vu, de leurs yeux, des personnages du temps de Louis XVI et même, d'après leurs descriptions, Marie-Antoinette en personne...

– Mais c'est impossible !

– Peut-être, peut-être pas ! Des poètes, Cocteau, Breton, y ont cru... Et les théories d'Einstein sur la coexistence du présent et du passé rendent l'affaire plausible.

– Ici, tu dis ?

– À peu près. Elles ont aussi vu un kiosque, un pont, une cascade qui avaient déjà disparu de leur temps, mais dont on a retrouvé la trace dans les documents d'époque.

– C'est merveilleux ! dit Rose. Moi, j'y crois !

Elle s'approche de Georges, l'enlace, lève son visage vers le sien. Elle a son foulard bleu noué autour du cou.

– Ce que nous sommes en train de vivre en ce moment même se reproduira toujours ! Il nous suffira de revenir ici, fût-ce dans des années, pour recommencer... Je te verrai, tu me verras !

Georges rit, l'attrape par le coin de son foulard afin de l'attirer contre lui :

– Je préfère te voir pour de bon et dans le présent tous les jours de ma vie...

– Mais si ce n'est pas possible ?

– Cela le sera, j'en suis convaincu. L'amour est toujours le plus fort. Nous inventerons des solutions...

Il l'embrasse et Rose, comme toujours, se sent défaillir.

Puis elle est saisie d'un doute : et si ce qu'elle vivait en ce moment, voire depuis quelque temps, n'était qu'une hallucination ? Qu'est-ce qui lui prouve que cet homme est bien réel ? Poussée par son esprit romanesque, elle a peut-être tout inventé depuis leur première rencontre, jusqu'à cette promenade ?

Daniel lui lance parfois : « Quelle imagination tu as ! Ce doit être à cause de tous ces romans que tu lis... »

Ce soir, à la table de famille, elle n'aura plus que le souvenir de Georges, aucune trace de son existence. Les êtres les plus proches d'elle, son mari, ses enfants, ne le connaissent pas, ne sauront rien de son après-midi avec lui, comme s'il s'agissait d'un rêve !

Elle est en train de rêver.

Quand tous deux se décident à revenir sur leurs pas, leur exaltation est tombée. Ils se sentent même un peu abattus – la chaleur, peut-être –, comme prétendirent l'être les deux Anglaises après avoir pénétré à leur corps défendant de l'autre côté du temps.

« Elles ont raté une marche », a-t-on pu s'esclaffer à propos de leur aventure.

Rose se dit brusquement qu'à elle au moins il reste une preuve tangible : le foulard bleu !

Elle porte la main à son cou pour vérifier qu'il est bien là, son fétiche.

N'est-ce pas lui qui a permis qu'ils se connaissent dans le Midi, et n'a-t-il pas été le témoin de sa défaillance à Roissy ? En dépit de tous les lavages que lui a infligés Rose, une minuscule trace brune, bien réelle, persiste dans un coin de l'ourlet.

Quelque temps plus tard, l'artérite de la tante Marthe a si rapidement empiré que le médecin a décidé de la faire hospitaliser d'urgence, la gangrène ayant commencé à s'installer dans son pied gauche.

À la clinique, le chirurgien décrète qu'il ne reste plus rien à faire qu'à amputer.

Mme Peyrenac a attendu Rose, avertie seulement de son hospitalisation, pour lui annoncer la nouvelle : « Madame ne voulait pas que vous soyez prévenue avant votre arrivée, pour ne pas vous affoler ! »

Rose n'est pas affolée, seulement découragée.

Voir affaiblie, mutilée, une femme comme Marthe lui est intolérable. De l'ordre du massacre. Pourquoi en est-il ainsi ? Pourquoi les fins de vie des êtres les plus remarquables ressemblent-elles si souvent à un naufrage ?

Ils pourraient quitter la terre tranquillement, comme on s'endort, comme le vieux Booz de Victor Hugo, sans avoir perdu au préalable leurs facultés d'intelligence et de libre arbitre.

Cela arrive pour certains, et Rose se prend à souhaiter que Marthe ne se réveille pas de l'opération qui doit avoir lieu le lendemain.

Sans prendre le temps de s'installer, Rose demande un taxi pour se rendre à la clinique.

– Tu sais, lui dit Marthe, à peine étonnée de la voir, pour ce que je marchais, je n'ai aucun besoin de ce pied !

– On fait maintenant des merveilles en matière de prothèses, tu marcheras mieux qu'avant, tu verras, je t'aiderai à t'y faire !

– À propos de marcher, comment cela va-t-il, avec l'homme de l'atelier ?

– Il s'appelle Georges, tante Marthe. Cela se passe aussi bien que possible, vu les circonstances...

– Je vois, dit Marthe, tu n'as pas encore pris la décision...

Elle sourit d'un air taquin :

– ... de t'amputer d'un pied, le droit ou le gauche... Moi, je n'ai aucun mérite, c'est mon chirurgien qui l'a prise pour moi ! Il doit s'en occuper demain.

Le temps de son séjour à Limoges, Rose habitera chez sa marraine. Elle préfère, lui dit-elle, coucher dans l'atelier où le chèvrefeuille, en ce début de printemps, déroule timidement ses nouvelles pousses. Le reste du temps, elle le passera à la maison.

Comme elle ressemble à son occupante ! Seule, Rose a le temps de tout examiner ; ce qu'elle voit lui plaît et même l'émeut. Tout, ici, est à une place qu'on sent la sienne depuis des années. « Marthe en a fait son royaume... C'est sa vision sereine du monde... », s'émerveille Rose.

Point de rideaux aux fenêtres, des petits carreaux qui permettent d'embrasser la vue quadrillée du jardin et de la cour comme dans un tableau de Vermeer.

Rose pense soudain à la maison de Charlotte, la femme mariée qu'aime le jeune Werther : elle devait ressembler à celle-ci. Tout comme celle de Suzel, la bien-aimée de l'ami Fritz... Dans tous les grands romans d'amour, le cadre est rarement citadin, mais situé dans une nature qui seule sait faire écho avec suffisamment de grandeur et de générosité aux sentiments des personnages.

Incapable d'ouvrir un livre, Rose se laisse aller à sa rêverie littéraire, blottie dans une bergère recouverte d'une soie aux broderies jaunes et bleues, les couleurs d'ameublement chères à Monet, face à un guéridon sur lequel le téléphone – un deuxième poste, demandé pour elle – est installé près d'un vase d'opaline bleue.

Tiens, bleue comme le foulard !

Attentionnée, Mme Peyrenac y a fiché la première rose, un peu maigrelette, mais prometteuse de floraisons futures.

Rose contemple ce paisible tableau d'intérieur, mais en profite mal, car elle attend...

Des coups de fil d'ordres différents, bien qu'ils l'angoissent autant l'un que l'autre.

L'un du chirurgien, qui a promis de la tenir au courant dès que la lourde opération sera terminée.

L'autre de Georges.

Rose a pu le prévenir qu'elle se rendait à Limoges pour assister sa tante Marthe. Sa réaction a été immédiate :

– Je t'appellerai...

– Tu veux que je te donne le numéro de téléphone ?

– Tu me l'avais donné, et je l'ai gardé. Écoute, je crois que je vais pouvoir m'arranger pour venir te retrouver ce week-end. Si tu savais comme j'ai envie d'être à nouveau avec toi dans le parc... Et aussi dans notre atelier !

Le cœur de Rose s'est gonflé de bonheur.

Ce séjour à Limoges, qui lui paraissait une épreuve, a donc une chance de se transformer en joie ?

Après tout, Marthe risque d'aller mieux après cette ablation du membre où sa circulation était devenue par trop déficiente. Quant à Georges et Rose, ils se trouveront bénéficier d'une rencontre providentielle !

Cela va faire des heures qu'elle demeure face au vase bleu et au téléphone. Le jour décline, mais elle se refuse à allumer. Ainsi peut-elle apercevoir, à travers les carreaux, les petites lumières de la ville qui tremblent derrière les branches des arbres encore sans feuilles.

Si souvent, de ce même fauteuil ou de la bergère du rez-de-chaussée, Marthe a dû voir tomber la nuit. Seule, comme l'est Rose en ce moment. À cette différence près que la vieille femme n'attendait sans doute rien.

C'est plus dur encore, se dit Rose, d'espérer un appel qui ne vient pas.

Quand le chirurgien finit par joindre Rose, c'est sans préambule, en homme pressé et même débordé, qu'il la renseigne sur l'état de Marthe :

– C'est son cœur qui m'inquiète.

– Qu'a-t-il ?

– Il est fatigué. Pour le reste, tout s'est plutôt bien passé.

– Elle est réveillée ?

– À moitié, mais...

– Quoi ?

– Eh bien, je me demande si elle a vraiment envie de vivre. À son âge, continuer ne va pas de soi, il faut faire effort. Le vouloir.

– Tante Marthe adore la vie, je vous assure !

– Alors, ça ira.

– Quand puis-je la voir ?

– Demain matin. Pour l'instant, inutile que vous vous déplaciez, elle est encore en réanimation, elle ne reprendra ses esprits que lentement. C'est préférable, après une amputation, et je veille à ce qu'il en soit ainsi.

– Elle va souffrir ?

– Non, ce qui est presque dommage...

– Que voulez-vous dire, docteur ?

– La douleur occupe. Je pense même que c'est la douleur qui redonne vie à certains patients : ils ont envie de s'en délivrer, ils se mettent alors à lutter et le corps fait le reste !

Après avoir raccroché, Rose se rend à l'atelier et s'étend sur le lit-divan. Elle a décidé d'y passer le reste de la nuit, bien qu'il n'y ait pas le téléphone, mais Georges ne risque plus de l'appeler à ces heures tardives. Il est sans doute chez lui, auprès de Lise, à tenter de la faire se tenir tranquille. Oui, voilà ce qu'il est pour son épouse : un tranquillisant.

Dans cet abri à l'écart, Rose se sent hors du monde et du temps, nul ne peut l'atteindre, elle est seule avec elle-même. Sans se déshabiller, sans ouvrir non plus la lucarne, car il fait froid au-dehors en ce mois de mars, elle médite sur ce que vient de lui dire le chirurgien. Un homme jeune encore, mais qui semble avoir acquis des opinions bien arrêtées sur la vie et la mort.

Valent-elles aussi pour l'amour ? En tout cas, il semble à Rose que son amour pour Georges, qui a apporté de la douleur dans sa vie, a accru d'autant sa volonté de se battre pour vaincre et se délivrer. De quoi ?

Eh bien, du mal.

À peine l'aube perce-t-elle que Rose se lève et quitte l'atelier où elle a dormi, regagne la maison, y prend un bain chaud, se prépare une tasse de café qu'elle boit debout dans la cuisine. Puis elle part pour la clinique à bord de la petite voiture de Marthe. La vieille dame ne s'en sert plus, mais Mme Peyrenac, en prévision de la venue de Rose, l'a fait remettre en état de marche par le garagiste. Une vieille juvaquatre bleu marine, toujours alerte.

– Pas de visites avant dix heures. Et encore, vous ne pourrez rester que sept à huit minutes, lui dit la réceptionniste après avoir consulté le service par interphone. Attendez ici.

Rose remercie et s'installe devant les piles de revues périmées. Elle pourrait partir, aller faire un tour en ville pour revenir à l'heure indiquée ; elle préfère demeurer dans le même lieu que sa tante, à penser à elle. À son destin de femme si éloigné de ce qu'en croient les autres, surtout les hommes pour qui Marthe est une sorte de « vieille fille », même si elle a été mariée, quasiment une religieuse – n'en a-t-elle pas l'humour, la gaieté ? – demeurée à l'écart de la vie réelle.

Timidité, pudeur... Il a fallu bien du temps et des séjours répétés de Rose auprès d'elle pour que Marthe finisse par lui confier des bribes de sa propre vie.

La première fois, c'est venu sur une question de Rose tenant Sophie bébé dans ses bras. Devant la joie manifestée par Marthe à constater que sa filleule vient de mettre au monde son premier enfant, Rose lui demande de s'expliquer sur ce qu'elle a tu jusque-là :

– Et vous, tante Marthe, pourquoi n'en avez-vous pas eu ?

– Tu sais bien que ton oncle Francis a été tué à la guerre de 40. Eh oui, il y a eu des soldats morts pendant la « drôle de guerre »... Nous venions tout juste de nous marier.

Un silence.

Puis Marthe reprend sur un ton détaché, lointain, comme s'il s'agissait de tenir en respect un événement qui, cinquante ans plus tard, risque encore de la dévaster :

– En fait, j'étais enceinte.

– Ah, et alors ?

– Est-ce parce que j'avais été secouée par l'annonce de la mort de mon mari, ou parce que j'étais trop maigre, mal nourrie – tu penses, le rationnement ! –, mais il est né trop tôt, à sept mois.

– On ne l'a pas mis en couveuse ?

– Si, mais tu comprends, je n'étais pas forte et je n'avais pas beaucoup de lait. L'infirmière de la maternité a décidé de lui donner du lait de vache en complément, mais, comme il s'agissait d'une remplaçante, elle s'est trompée, elle m'a fait une ordonnance pour du lait complet, alors qu'il aurait fallu du lait écrémé. Quelques jours après, il avait la diarrhée. On ne la soignait pas comme aujourd'hui, et il en est mort. Je l'avais appelé Francis, comme son père.

Le cœur de Rose se déchire sous la confidence de ce chagrin affreux, évitable, dû à l'erreur de precription d'une femme surchargée ou trop pressée.

En tout cas, pas assez versée dans l'amour. Insoucieuse du fait que la victime, Marthe, subissait déjà un deuil épouvantable, celui de son jeune mari que l'irresponsabilité des hommes – militaires aussi bien que politiques – avait en quelque sorte assassiné. Un drame vécu dans la solitude, même pas partagé par le reste de la nation, dépassée par les affres de la défaite et de l'occupation.

Marthe, martyre d'autrui...

– Pourquoi ne vous êtes-vous pas remariée ?

– Pour quoi faire ?

La réponse a fusé, si drue que Rose se met à rire :

– Mais pour recommencer ! Vivre à deux, avoir des enfants...

– Il y a des choses qu'on ne recommence pas. Et puis, je vais te dire un secret, mais tu ne le répéteras à personne, pas même à ton mari : il me prendrait pour une folle !...

– Non, juré !

– Eh bien, Francis était toujours auprès de

moi. Il ne m'a pas quittée d'une minute au cours de toutes ces années ! Francis le père, mais aussi Francis le fils. Ils m'ont entourée, tu ne peux pas savoir ! Une fois le premier choc passé, je ne crois pas avoir été malheureuse. Non, jamais...

Marthe se recueille, glisse un regard en biais vers sa filleule :

– Je crois même que j'ai été très heureuse ; j'ai eu la chance de passer toute ma vie dans l'amour !

Rose, berçant Sophie, ne sait que demeurer muette.

Marthe termine dans un souffle :

– En un sens, je t'en souhaite autant !

Au retour de la clinique, à peine Rose a-t-elle garé la voiture dans la petite cour, devant la maison, qu'elle entend retentir le téléphone. Elle se précipite, escalade le perron tout en fouillant dans son sac à la recherche des clés de la porte d'entrée, ouvre, court vers l'appareil. Heureusement, la personne qui appelle sait que la maison est vaste, qu'il faut laisser le temps d'arriver jusqu'au combiné, et Rose n'a pas la déception d'entendre raccrocher au moment où elle parvient enfin à décrocher.

C'est sûrement Georges...

– Allô, c'est toi ? Quel bonheur de t'entendre !

– Oui, c'est moi, comment va ta tante, ma chérie ?

C'est Daniel.

L'erreur sur la personne lui cause un choc, et, tout en répondant à Daniel pour l'informer de l'état de santé de Marthe, lui répéter les paroles du médecin, lui dire comment elle l'a trouvée, lui rapporter les quelques mots qu'elles ont pu échanger, Rose sent qu'un gouffre s'ouvre en elle.

Elle en est donc là ! À confondre son mari et son amant ! À espérer l'un, puis à se sentir déçue quand c'est l'autre !

– Quand rentres-tu ?

– Dès que je le pourrai... Mais je ne puis pas encore te dire exactement le jour... Elle ne sait pas quand Georges va venir, puisqu'il ne l'a pas encore appelée. – Il va falloir que j'attende...

– Ta tante ne va sans doute pas se réinstaller tout de suite chez elle, elle ira probablement dans une maison de convalescence.

– Sûrement.

– Alors, tu peux la quitter et revenir la voir quand elle ira vraiment mieux et pourra être appareillée...

– Oui, je sais, mais il faut encore...

– Que tu la soutiennes moralement ? Prends ton temps, ma chérie, tu es seule juge, et ne t'en fais pas : je me débrouille, nous nous débrouillons, les enfants et moi. N'empêche que tu nous manques...

Rose hoche la tête pour acquiescer, comme si Daniel pouvait la voir, puis raccroche après un bref « au revoir ».

Elle n'a plus de voix.

Quelques jours passent encore, et Georges qui n'appelle toujours pas !

Au début, Rose se dit qu'il a peut-être tenté de lui téléphoner la nuit, et elle cesse de coucher à l'atelier par peur de le manquer. À moins que, par malchance, il ne cherche à la joindre aux heures de plus en plus nombreuses où elle se trouve à la clinique, à parler avec Marthe ou à lui tenir la main pendant qu'elle dort.

Le week-end s'écoule sans un signe. Rose se dit qu'il a dû avoir quelque difficulté à se libérer et que ce sera pour l'autre semaine.

Toutefois, l'appréhension lui étreint le cœur. Ce n'est pas le genre de Georges de la laisser ainsi dans le silence. S'est-il passé quelque chose de grave ? Elle prend l'initiative de composer le numéro où il lui a parfois demandé de l'appeler, mais c'était à des heures et à des jours fixes ; là, personne ne répond et Rose, se sentant indiscrète, ne recommence pas.

Une douloureuse impatience s'empare d'elle

et si elle passe de plus en plus de temps auprès de sa tante, c'est parce que c'est là qu'elle se sent le mieux. À s'occuper d'une autre personne.

Marthe s'en aperçoit et finit par la questionner :

– Tu ne crois pas que tu perds ton temps à me regarder dormir ?

– Mais je ne fais pas que cela, nous parlons !

– Tu veux mon sentiment ? Quelque chose te préoccupe. Au point que j'ai fini par me demander si l'on ne me cachait pas la vérité sur mon état, si je n'étais en phase terminale sans qu'on me l'ait dit et sans que je m'en sois aperçue... !

– Tante Marthe, vous allez de mieux en mieux !

– C'est en effet ce que m'a affirmé le chirurgien quand je l'ai interrogé. Il a même ri de mon anxiété et proposé de me renvoyer séance tenante dans mes foyers, juste pour me prouver que je n'avais plus besoin de ses soins... Donc, si ce n'est pas moi qui suis malade, c'est toi ! Que t'arrive-t-il ?

– Oh, rien !

– C'est un drôle de mot que « rien »... Il veut dire tellement de choses... Cet homme te manque tant que ça ?

Sans l'avoir prévu, sans pouvoir s'en empêcher, Rose se met à pleurer.

– Si tu es malheureuse, pars vivre avec lui !

– Je ne peux pas, lui non plus : il n'est pas libre.

– Quand on s'aime par-dessus tout, on se

libère ! Dieu sait si je ne suis pas pour le divorce, mais une figure de carême à la maison, ça ne doit pas être drôle, pour un mari...

– Tante Marthe, il y a des moments où j'aimerais être morte !

– Ça, c'est pire que le carême, c'est l'extinction des feux ! Qu'en pense ton Georges ?

– Nous n'avons pas communiqué depuis que je suis ici.

– Je vois, il te laisse tomber.

– Je ne crois pas. Il m'a dit une fois : le silence n'est pas l'oubli !

– Facile.

– Ou très difficile, cela dépend.

Marthe s'est redressée sur son lit, elle s'assied.

– J'ai beaucoup souffert, tu le sais, après la mort de Francis. Au point d'être incapable de m'intéresser à un autre. Et puis j'ai commencé à me rendre compte qu'il était là... Pour le meilleur : je n'étais plus seule ! Pour le pire : j'étais incapable de nouer de nouveaux liens... Je me suis dit : ça passera ! Cela ne m'est jamais passé. Fais attention, ma petite fille : un amour non vécu est peut-être pire qu'un amour usé jour après jour, à la petite semaine...

– Vous croyez que l'amour s'use ?

– Je m'exprime mal : il se consume. On finit par tout savoir de l'autre, par avoir fait toutes les promenades, tous les voyages, imaginaires ou non, physiques ou mentaux, par avoir reçu et donné tous les coups, ce qui fait que lorsqu'on se quitte, parce que la vie tire à sa fin, on n'a plus rien à regretter... En revanche, ce qui n'a pas été vécu ronge, ne serait-ce que parce qu'on se fait des idées : ç'aurait été si merveilleux...

– Mais *c'est* merveilleux, tante Marthe !

Une révolte secoue Rose : non, son amour pour Georges n'est pas imparfait, il la comble tel qu'il est !

Sa marraine ne le sait donc pas ?

– Ne m'as-tu pas raconté que tu as vécu toute ta vie dans l'absence de Francis ! Et que tu as été heureuse comme ça...

– Il y a une grande différence, ma chérie, Francis était mort. Ton Georges, lui, est bien vivant ! Tu peux continuer d'espérer sa présence... D'où cette incertitude qui te déchire...

– Tant pis ! Je préfère que Georges vive, même si je souffre de le savoir loin de moi...

Rose se lève.

– Je vais aller faire un tour au parc !

– Bonne idée, ma petite fille, va prendre l'air, tu me raconteras où en sont les oiseaux, s'ils ont fait leurs nids ! Tiens, passe-moi mon livre... Et mes lunettes.

– Encore un roman policier ?

La tante Marthe lit une « Série noire », c'est sa lecture favorite. « Si j'avais été écrivain, confie-t-elle parfois à Rose, c'est ce que j'aurais écrit : des romans policiers... C'est une façon élégante mais disciplinée de jouer avec son lecteur. Tu as le droit de le tromper, de l'égarer sur de fausses pistes, mais pas de tricher : l'histoire doit à tout moment rester logique et vraisemblable. En équilibre ! Un petit chef-d'œuvre de construction qui requiert du sang-froid et de la maîtrise de la part de l'auteur aussi bien que du lecteur : celui-ci doit s'interdire d'emblée de regarder la fin !

– Vous n'avez jamais envie de lire autre chose ?

– Les romans psychologiques m'exaspèrent : tous ces gens qui gémissent sur leur sort sans se soucier le moins du monde du mien ! Au surplus, ils écrivent au hasard, sans plan, sans but, pour abandonner leur lecteur au beau milieu d'une page... Des gens trop mal élevés, les romanciers !

« Et moi, se dit Rose, n'ai-je pas terriblement envie de tricher et de regarder comment finit mon histoire ? »

En cette journée de printemps encore un peu frisquette, comme la première fois qu'elle y est venue, il n'y a personne d'autre que Rose dans le parc abandonné. Elle choisit d'entrer par l'allée principale, même si sa voiture doit cahoter sur la route en partie défoncée.

Elle veut « revoir ».

L'endroit où Georges avait laissé son véhicule et où il l'a embrassée en la quittant. La première fois, c'était sur les marches du vieil escalier de pierre, un peu plus loin. Ils n'avaient pas encore fait l'amour ensemble et il y avait, dans ces premiers baisers, l'ardeur et l'attention de la découverte, les prémisses de leur entente.

Elle se souvient de l'odeur de lavande de son eau de toilette. Il en a changé, depuis, pour une autre, moins odorante, peut-être par discrétion, pour que Rose n'en reste pas imprégnée après leurs rencontres. Elle, quand elle doit le voir, omet exprès de se parfumer. Elle se rappelle aussi sa tenue, ce pantalon de toile beige un peu large qui lui va si bien et qu'il n'a remis qu'une fois, pour l'emmener dans les jardins du Trianon. Il portait des baskets, une chemise de ce style que les Américains appellent Oxford.

Et il y avait dans ses yeux cet éclat moqueur... À cet instant-là, Georges n'était nullement triste ou affecté de la quitter, leur rencontre était si merveilleuse, si imprévue qu'il devait penser – comme elle – que le destin leur réservait bien d'autres surprises heureuses.

C'était vrai.

Reste que Rose a le cœur serré à l'idée que ces heures-là sont à jamais révolues, qu'elle ne peut pas y revenir, même si elle y songe de toutes ses forces, pas plus que l'arbre contre lequel elle s'appuie ne peut rattraper la couche d'aubier qui, chaque année, s'écarte un peu plus de son centre, marquant son âge.

Une année après l'autre, chacun de ces grands arbres s'élargit d'un cercle ; certains, les résineux, poussent d'une tête. Au printemps, les voilà, comme des arbres nouveau-nés, garnis de bourgeons fragiles qui laissent pointer, sous leurs écailles poisseuses, de jeunes feuilles plus blanchâtres que vertes, mais si vives... On en croquerait !

Il faut qu'il en soit ainsi pour elle ! À chaque saison, son élan vers Georges, vers leur amour, doit être tout aussi vivace, neuf, comme s'il venait de commencer. Comme s'il recommençait sans cesse.

Par le sentier où les ronces nouvelles sont encore peu agressives, Rose est allée jusqu'à la rivière et son pont de ciment en trompe l'œil. Elle s'assied sous le grand chêne derrière lequel elle s'était dissimulée lorsque la vue de cet inconnu l'avait effrayée.

Elle n'arrive pas à s'imaginer comment elle a pu, ne fût-ce qu'une seconde, avoir peur de Georges !

Il faut qu'elle s'habitue à ce que la vie change sans arrêt : ce n'est plus la même eau qui coule sous le pont, ni la même vague qui vient lécher la grève, mais c'est tout aussi beau !

Bien sûr, elle aurait préféré refaire ce parcours avec Georges, échangeant avec lui baisers et impressions. Mais peut-être est-il trop tôt ; elle a d'autres choses à vivre avant cela. Déjà, sa solitude d'aujourd'hui qui lui permet de s'apercevoir à quel point elle n'est plus la même.

Ainsi, elle ne regarde plus les arbres pareillement : elle les voit dans leur entier, dans tout leur élan, avec leurs formes toujours différentes, fussent-ils de la même espèce. Certains y sont allés d'un trait, en flèche, comme ce frêne gigantesque ; les autres ont dû se tordre, s'y prendre à plusieurs reprises pour parvenir à leurs fins : s'offrir à la lumière, au soleil, afin d'être en mesure d'exécuter le travail d'alchimie qui leur permet, chaque saison, de produire des feuilles, des fleurs, des graines, et ainsi de se perpétuer.

À l'aune des siècles, chacun de ces arbres lui paraît plus petit, plus vulnérable. Si émouvant dans sa lutte enracinée : c'est sur place qu'il mène le combat pour la vie, sans aucune chance d'échapper à son destin ni, éventuellement, à la hache.

Rose, elle, est un être humain, doué de mobilité : mais peut-elle, plus qu'un arbre, s'amputer de ses racines ?

Elle se lève, fait quelques pas en direction de la maison abandonnée. Au sol, une sorte de ruban grisé attire son regard : une mue de serpent. Vu sa longueur, il s'agit sans doute d'une couleuvre. Rose se baisse pour la dégager des herbes dans lesquelles elle est prise ; cette peau sèche entre ses doigts n'a aucun poids ! N'était la vue, on pourrait penser qu'elle n'existe pas.

Rose la glisse dans son sac et se dit qu'elle va la conserver : un vieux dicton prétend que trouver une mue de serpent porte bonheur ; cela signifie que c'est ce qui vous attend : changer de peau !

C'est d'un pas raffermi, après avoir cueilli quelques violettes précoces, que Rose prend le chemin du retour. Elle se dit qu'elle va vivre comme ces arbres : pour s'accomplir.

Le reste ne dépend pas d'elle.

Gare d'Austerlitz, Daniel l'attend au bout du quai. Il se dirige vers Rose dès qu'il l'aperçoit, l'embrasse sur la bouche, la débarrasse de son sac de voyage, puis la prend tendrement sous le bras pour la guider vers le parking où il est parvenu à garer la voiture.

– Alors, rassurée ?

– Plus ou moins... Marthe part demain pour une maison de rééducation où l'on doit l'appareiller. Je ne sais pas si elle va bien supporter ce séjour hors de chez elle !

– Les personnes âgées préfèrent souffrir mille morts plutôt que de quitter leur cadre. Elles ont peur de l'avenir qui, à leur sens, ne peut être que mauvais. Elles n'en attendent plus rien de bon.

« Et moi, se dit Rose en s'installant à l'avant de la voiture, qu'est-ce que j'attends de l'avenir, du bon ou du mauvais ? »

Daniel aurait-il lu dans ses pensées ? Avant de démarrer, il se penche vers elle et, du ton qu'on prend pour annoncer une surprise sans vouloir la dévoiler, déclare : « Quelqu'un t'attend à la maison ! »

Le cœur de Rose ne fait qu'un bond ! Georges ? Puis elle se reprend : que va-t-elle chercher là, elle est folle !

Pour dissimuler son émotion, elle joue un peu la comédie :

– Oh, Daniel, ne me fais pas languir, dis-moi qui ! Mais peut-être faudrait-il que je me recoiffe, je descends du train, je suis toute froissée...

– Si tu es assez bien pour moi, tu seras assez bien pour lui !

– C'est un « lui » ?

– À ce qu'il en paraît, oui !

Impossible de lui tirer un mot de plus jusqu'à l'arrivée.

À peine Daniel a-t-il ouvert la porte que Sophie vient à leur rencontre avec le même indéchiffrable sourire que son père.

Dans ses bras, une boule de poils, si noire qu'on ne voit que les yeux, un peu les dents et un bout de langue rose !

– Mais qu'est-ce que c'est ça ? dit Rose, tendant les mains malgré elle pour s'en saisir.

Aussitôt, la petite bête – un mois et demi, deux mois ? – lui lèche le nez, les joues, les lèvres, tout ce qui se trouve à sa portée.

– Il n'a pas encore de nom, mais il est pour toi !

– Pour moi ! s'étonne Rose.

Jusque-là, Daniel s'est toujours refusé à ce qu'ils adoptent un chien, arguant qu'il ne s'en ressent pas pour les pipis du soir, et qu'il connaît trop ses enfants pour ne pas savoir qu'il finirait par en être chargé !

– Tu l'as acheté ?

– Non.

– Alors, d'où sort-il ?

– Quelqu'un te l'a offert !

– À moi ? Mais qui ? Pourquoi ?

– Nous comptions sur toi pour élucider ce mystère !

– Hier, dit Sophie, on a sonné à la porte et quand j'y suis allée, il n'y avait personne : juste un panier avec cet individu à l'intérieur. Dès que j'ai ouvert, il s'est rué sur moi et a fait le tour de l'appartement au galop ! Il a terminé sur ton lit !

– Il n'y avait rien d'autre, pas d'explication ?

– Il y avait ça ! s'exclame Daniel en lui tendant un petit rectangle de papier blanc avec une suscription tapée à la machine. Lis et dis-moi qui est Bella.

D'une main, Rose prend le carton en forme de carte de visite ; l'autre est occupée à soutenir le chiot qui, manifestement, ne tient pas à quitter ses bras. Elle lit : « *Bonjour, Rose ! Je suis le fils de Bella. Je t'aime !* »

– Je ne sais pas qui est Bella, ment Rose. Je n'en ai jamais entendu parler, sauf dans les romans de Giraudoux.

Bella est la chienne de Georges. Elle se souvient qu'il lui a dit sans insister, alors qu'ils se promenaient dans la rue et qu'ils avaient aperçu une chienne pleine, que la sienne aussi attendait des petits.

– Tu sais que cela vaut cher, un chiot de

labrador, surtout de race pure comme semble l'être celui-ci. Il n'est pas possible que le donateur ne se manifeste pas... S'il ne voulait pas le garder, il pouvait le vendre !

– Non, Papa, s'écrie Sophie, on ne va pas le vendre, on le garde !

– Cela dépend de ta mère, dit Daniel. Évidemment, les labradors sont des chiens exceptionnels, un peu grands mais qui s'arrangent pour le faire oublier, doux, casaniers pourvu qu'on le leur demande... Reste qu'ils sont terrifiants jusqu'à ce qu'ils aient atteint l'âge d'un an !

– C'est bientôt les petites vacances, puis les grandes... Il pourra courir à la campagne et à la mer...

Rose ne dit rien, elle a glissé la carte anonyme dans la poche de sa veste, elle serre le chien dans ses bras, enfouit le nez dans sa fourrure soyeuse et odorante. Le creux qu'elle a dans son ventre depuis la perte du « petit ange » se comble un peu, lui semble-t-il.

C'est bien de Georges !

Il ne sait pas qu'elle a perdu leur enfant, mais, intuitivement, il lui envoie un « bébé » bien vivant pour le remplacer. Un être qui lui vient de sa chienne, qu'il a vu naître, qu'il a pu caresser, qui est en partie issu de lui.

– Petit amour, susurre-t-elle aux oreilles du chiot, tu as peut-être faim ?

– « P'tit amour », ce n'est pas un nom pour un chien ! Comment veux-tu l'appeler ? Toi l'imaginative, tu vas bien nous trouver ça ! C'est l'année des « L » pour les chiens de race...

– Léman, répond-elle aussitôt.

– Pourquoi ?

– Parce qu'il a des reflets bleus dans sa robe noire, comme les eaux glacées d'un lac suisse...

Bleu comme son foulard, mais aussi parce que l'homonymie a dû jouer : Léman, l'aimant !

Comme il n'y a pas d'objections, c'est fait, Léman prend sa place dans leur vie.

– À propos, dit Sophie, il y avait un « mode d'emploi » dans le panier, c'est Léman lui-même qui a dû le rédiger : *« Je suis vacciné et je mange des croquettes* Hill's *avec de la viande de dinde, de poulet à la rigueur... Ne pas oublier mon eau ! »*

Georges a pensé à tout. Rose dépose sur le sol le petit animal qui se précipite dans la cuisine à l'appel de Sophie.

« Comme je t'aime », pense Rose. C'est murmuré à la fois pour le chien et pour son donateur.

En même temps, un étrange pressentiment s'empare d'elle : ce chien, on dirait un cadeau d'adieu !

La lettre attendait Rose à la poste restante. À peine en a-t-elle parcouru les premières lignes qu'elle se précipite dans une cabine téléphonique et s'y assied pour ne pas tomber. La présence du téléphone à portée de main lui laisse l'illusion qu'elle va pouvoir appeler Georges, le détourner de sa résolution, changer le cours des choses.

« Ma chérie, tu as ma lettre, donc tu es rentrée après m'avoir attendu, et je ne suis pas venu ! Je ne t'ai pas téléphoné, pas écrit non plus. C'est que j'espérais, de jour en jour, pouvoir me dégager et que je n'ai pas pu. Je te fais souffrir – moi, c'est ta souffrance qui me fait souffrir.

Sinon, penser à toi, savoir que tu existes m'apporte une joie au-delà de ce que tu peux imaginer. Tu es la vie, ma vie, Rose. Si tout ce bonheur que tu me donnes pouvait résider en toi avec la même force !

D'ici que nous puissions nous voir pour de bon, comme tu aimes, comme j'aime, avec du temps devant nous, le silence est nécessaire. Je t'appelle dès que possible. Je ne te quitte pas. »

Quelque chose de leur vie précédente, jalonnée par leurs rencontres clandestines, vient de s'achever. Du fait que cela ne convient plus à Georges.

Elle, cette séparation l'agrée-t-elle ?

Si Georges ne lui a pas demandé son avis, c'est en fait parce que sa décision se fonde sur l'évidence : Rose n'en peut plus ! De passer de lui à Daniel ! D'attendre, d'espérer.

De mentir ?

Beaucoup d'amants secrets disent un jour : « Je n'en peux plus de mentir ! »

Mais ce n'est pas le mensonge qui gênait le plus Rose : son amour pour Georges lui permettait les trahisons, les justifiait même dans le fond de son cœur. Ce qui l'épuisait, c'était de ne pas le voir assez. D'être sans cesse obligée d'interrompre leurs tête-à-tête. D'accumuler des souvenirs qui n'allaient nulle part, puisqu'on ne leur laissait pas le temps de se développer.

Sur un peintre, un livre, la naissance ou la fin de l'univers, etc., il lui est arrivé, à sa confusion, de reprendre en famille une discussion commencée avec Georges, parce que lui et elle n'avaient pas eu le loisir d'en explorer tous les aspects.

C'était trop « dur ».

D'ailleurs, elle avait maigri, dormait les poings serrés, se réveillait avec des crampes, les tendons d'Achille douloureux, comme sa nuque.

Rose devenait un être « inachevé », inabouti. Plus que frustré : enfermé en lui-même.

Oui, elle était emprisonnée dans sa propre existence, comme ces prisonniers en cellule qui ne peuvent faire que deux pas en largeur, trois en longueur, et ne voient du ciel bleu qu'un carré pas plus grand que son foulard bleu !

Rose ne s'en est jamais plainte, mais Georges le sait.

Parce qu'il l'aime au-delà de lui-même. Cela lui était sans doute plus facile à lui qu'à elle de continuer cette vie-là dans la mesure où il n'a pas de véritable famille. Auprès de sa femme, il mène une existence d'infirmier et Flore, sa fille, n'est pas délaissée du fait qu'il aime Rose. Georges reste un père attentif, présent quand il faut l'être ; Rose en est certaine.

Pour elle, il en va différemment, ne serait-ce que parce qu'elle se doit d'être, pour les siens, en tant que femme, le pilier de son foyer, l'arc-boutant qui les fait tous tenir ensemble. C'est à travers elle qu'ils communiquent les uns avec les autres. Qu'elle les quitte, qu'elle vienne à tomber vraiment malade – elle en est sur le chemin –, et tous trois se retrouveront orphelins.

Georges a eu souci de sa famille, dont il n'ignore pas qu'elle lui est si chère, autant qu'il a pensé à elle. C'est pourquoi il a fait ce qu'elle n'aurait jamais proposé : les séparer.

Non pas rompre, au contraire : ils sont plus unis que jamais par le sacrifice.

Il ne lui a même pas demandé son avis, tant il est sûr que c'est la chose à faire, et qu'elle le sait. Même si ses jambes ne la soutiennent plus, même si elle n'arrive pas à se lever pour sortir de cette cabine.

Des gens, pressés d'avoir accès à l'appareil, la dévisagent d'un air rogue à travers la vitre. Que fait-elle là à contempler son morceau de papier ? Si cette personne a oublié son numéro, qu'elle sorte, laisse la place aux autres, jusqu'à ce qu'elle ait remis de l'ordre dans ses affaires !

Alors, pour les apaiser, Rose décroche l'écouteur, appuie au hasard sur les touches et, dans le vide et le silence de la ligne, murmure, juste pour qu'on voie bouger ses lèvres, juste pour être dans sa vérité : « Mon amour, mon amour, mon amour... »

Mais elle ne dit pas « merci », même si quelque chose en elle le pense ; la douleur est trop vive.

« Dès qu'il s'agit de partir en vacances, nous nous conduisons comme des automates », se dit Rose en vérifiant, comme les autres années, malgré la souffrance qui l'oppresse, le « paquetage » de chacun avant l'embarquement prévu pour le lendemain matin.

Mêmes préparatifs, mêmes gestes, mêmes perspectives que l'été précédent. Comme ils ont reloué la même maison, elle peut aussi prévoir, sans gros risques de se tromper, le comportement de chacun dès leur arrivée : Sophie ira installer sa chambre avec ses peluches, ses livres et ses maillots à leur place coutumière. Patrick, sa planche à voile désamarrée, tentera de s'esquiver en douce vers la plage, sans s'occuper de l'emménagement. Daniel le hélera au tout dernier moment et lui demandera un coup de main pour décharger les sacs et les valises. Elle, Rose, s'occupera de brancher le réfrigérateur, de vérifier que le chauffe-eau est bien en marche, puis elle s'assiéra à la grande table pour dresser la liste des produits ménagers de base à acheter aussitôt. Le reste, elle le prendra au marché du lendemain matin, là où elle a rencontré Georges pour la première fois...

C'est ce souvenir qui fait que rien n'est pareil pour elle, ici comme ailleurs, et ne le sera jamais plus. Où qu'elle aille, quoi qu'elle fasse, la pensée de Georges l'accompagne.

Comme le chien.

Léman aussi est un élément nouveau dans leur vie, surtout dans la sienne. A-t-il compris ce qu'il représentait ? Ou est-ce elle, Rose, par son comportement, qui se l'est aussitôt attaché ? Toujours est-il que le chien considère qu'il est « son » chien et que son rôle est de ne jamais la quitter ni la laisser seule.

Très tôt il a commencé à la suivre pas à pas, alors qu'il n'était qu'un chiot pataud, affectueux, qui aurait dû, selon les normes, se prendre d'amitié pour tout un chacun et pour personne en particulier.

Léman, d'emblée, a choisi : il n'y en a qu'une dans sa vie d'animal, c'est Rose. Il n'accepte les autres qu'en tant que ses représentants, quand elle n'est pas disponible pour le sortir, ou qu'elle n'est pas là à l'heure pour lui offrir sa gamelle qu'elle a néanmoins préparée à l'avance.

« On dirait que tu es mariée avec ce chien ! » s'exclame Daniel en souriant. Il énonce cela comme une plaisanterie, mais, chaque fois, Rose reçoit un coup au cœur. Cela se voit donc tellement, que le chien, à tout instant, lui rappelle Georges ? Qu'en quelque sorte il est là à sa place ?

Non que Rose se sente « mariée » à Georges. C'est pire : désormais, il est son double. C'est sa pensée constante qui l'aide à vivre.

Doit-elle dire : à survivre ?

La rupture a été si brutale.

Au bain, au marché, les yeux rivés sur le bleu de l'horizon, Rose ne peut s'empêcher de se réciter mentalement les mots de son dernier message comme s'il lui fallait du temps pour en saisir tout le sens.

Faire vraiment sienne leur séparation.

Se répéter les paroles qu'ils avaient autrefois échangées avec bonheur : « C'est pour toujours. »

Cette fois, ce beau mot – contraction de « tous les jours » – sonne comme un glas, un couperet : « Je dois vivre *tous les jours* sans toi. »

Tous les soirs aussi, et toutes les nuits.

Comme si elle était veuve.

Pourtant, Daniel est là. Parfois, elle lui fait face et elle le regarde, il est devenu transparent.

Lui, son mari.

Sophie est alitée avec une angine.

– Je te l'avais bien dit qu'à rester dans ton maillot mouillé, tu attraperais mal !

– Par cette chaleur...

– Tu te vautres à même le sable.

– Enfin, maman, le sable est naturel !

– Quand il n'y a pas d'autres gens, mais, avec la foule d'été, il est infesté de microbes, surtout le sable sec qui n'est jamais lavé par la mer...

Tandis que Rose prodigue à sa fille soins et conseils, elle se dit que c'est cela, le rapport mère/enfants : transmettre tous ces menus gestes quotidiens à peine modifiés d'une génération à l'autre, qui aident à entretenir la vie.

Les animaux aussi, sans langage articulé, s'apprennent mutuellement le comportement le mieux adapté à l'existence terrestre. Ainsi Léman, très tôt séparé de sa mère et des autres chiens de sa portée, ne savait pas lever la patte pour faire pipi ! Il avait cinq mois qu'il s'accroupissait encore comme une femelle – à l'hilarité générale, ce qui le vexait. Il a fallu un séjour – pas long, un simple week-end – chez des amis ayant un vieux chien mâle pour que Léman, admiratif devant son « aîné » et le suivant pas à pas, commence à lever la patte contre les murs, les arbres, les bornes. Tout ce qui pouvait conserver trace de son passage.

« Il fait comme le petit Poucet, il laisse des indices pour le cas où il viendrait à se perdre... », a commenté Daniel.

Stupeur de chacun, enregistrement, méditation...

Mais si l'éducation est nécessaire aux animaux, ne l'est-elle pas encore davantage aux jeunes humains ? Parfois, une approche biaisée de l'existence, la peur d'autrui, des réflexes de fuite, des comportements antisociaux peuvent les paralyser, les fourvoyer dans leur amour d'eux-mêmes et de la vie. Pourtant, il arrive à Rose de ne plus savoir si elle a tort ou raison d'« avertir » ses enfants de tel ou tel danger. Ne vaut-il pas mieux qu'ils découvrent les choses par eux-mêmes ?

Toutefois, pour ce qui est de la présence de microbes dans le sable des plages – ailleurs aussi, hélas –, il a bien fallu qu'on la leur apprenne, comme à elle, car ils sont invisibles !

Et l'amour aussi est invisible. Or, nul ne vous met en garde contre ses effets. Au contraire, on vous encourage à aimer.

Soudain, Rose perd son sang-froid, s'indigne :

– C'est sa mère qui est coupable !

– Enfin, Maman, que voulais-tu qu'elle y fasse ?

Sophie vient de lui confier après quelques hésitations que sa meilleure amie, Myriam, craint d'être enceinte. À quatorze ans.

– D'abord, on ne couche pas à cet âge, c'est trop tôt !

– Si tu savais le nombre de filles qui le font...

– Le nombre n'a rien à voir à l'affaire. Le nombre de jeunes qui se droguent, aussi, ou qui se tuent en voiture... Crois-tu que cela rende les choses plus normales et plus acceptables d'être faites en foule ?

– L'idiot, c'est qu'elle n'a pas exigé de préservatif.

– Je suis heureuse de t'entendre le déplorer.

– Mais c'était la première fois, alors, tu comprends, c'est difficile... On est gênée de demander ça à un garçon qu'on connaît à peine.

– Raison de plus pour se refréner et attendre ! Et puis, il n'y a pas que ça...

– Il y a quoi ?

Il est bien évident qu'en parlant de Myriam, toutes deux parlent en fait de Sophie. C'est plus facile par personne interposée.

– Il y a l'amour. Pourquoi le gâcher ?

– Mais Myriam est amoureuse...

– De ce garçon qu'elle connaît à peine, avec qui elle n'a couché qu'une fois et qui n'a même pas pris garde à elle, à sa santé, à une grossesse possible ?

Rose s'écoute parler et se dit : « Et toi, alors ? »

Dès qu'elle a pu, sans vraiment le connaître, elle a fait l'amour avec Georges. Sans qu'il se préserve – tous deux se faisaient « confiance », comme les jeunes entre eux.

Résultat : elle est tombée enceinte, comme Myriam redoute de l'être !

Nul n'est à l'abri de la folie amoureuse.

Rose se réprimande : elle a bonne mine de dispenser à sa fille des conseils qu'elle est la première à ne pas suivre !

Pourtant, elle aussi en a entendu sur les hommes, sur leur hypocrisie, leur lâcheté, leur irresponsabilité... Et elle s'est jetée à corps perdu dans les bras du premier venu !

Et elle en est heureuse, si heureuse...

– Après tout...

– Quoi, Maman ?

– Il faut bien faire des expériences. Ton amie en fait une, espérons qu'elle sera à la hauteur des conséquences, s'il y en a, et ses parents aussi.

Sophie lui jette un drôle de regard, tire un peu le drap sur elle, alors qu'il fait si chaud. D'une voix diminuée par l'angine, elle murmure :

– C'est qu'elle est si petite encore !

Rose ressent l'angoisse, l'appel.

– Ma chérie, vous n'êtes pas petites, vous êtes jeunes, ce qui est une chance formidable. Et puis, nous sommes ensemble, non ? On verra bien ce qui arrivera, on saura faire front.

– Oui, Maman, heureusement que tu es là !

Apaisée, Sophie ferme les yeux, va pour s'endormir.

– Tu seras là toujours ?

Le cœur de Rose a un élan vers Georges.

C'est là qu'elle voudrait être, avec lui, près de lui. Après tout, Sophie n'a peut-être plus besoin d'elle ; cette dépendance est devenue creuse, imaginaire : un leurre, une survivance d'anciens besoins...

La petite s'en tirerait tout aussi bien – ou tout aussi mal – si sa mère n'était pas là.

– Oui, ma chérie, toujours. Dors.

Protéger, chérir... Pour Rose comme pour la plupart des femmes, c'est plus fort que soi.

À tout prendre, l'été ne se passe point trop mal. Et même plutôt bien. Ce qui étonne Rose, laquelle s'apprêtait à souffrir. « C'est que je suis rodée, se dit-elle ; je sais quoi faire du matin au soir... »

Se lever la première, préparer le petit déjeuner, ouvrir les volets, respirer les senteurs matinales, l'odeur des plantes vivifiées par la nuit et la rosée.

Ils arrivent les uns après les autres dans un ordre immuable : Daniel, Sophie, Patrick... « Comme ils ont surgi dans ma vie », remarque Rose.

C'est ce qui diffère le plus depuis sa rencontre avec Georges : elle voit les choses autour d'elle, même celles qui la concernent du plus près, de très loin. « Comme si j'étais sur une autre planète... »

Est-ce à dire qu'elle accomplit son devoir ? Continuant toute la journée à assurer le bon déroulement du « programme » : bains, repas, planche à voile, tennis, de temps à autre un verre chez les voisins, une invitation qu'ensuite il faudra rendre...

« En fait, je ne suis pas vraiment là, s'avoue Rose. J'attends. »

Que le temps passe ? Que Georges lui fasse à nouveau signe ? Ou que la réalité, dans un mouvement accéléré, finisse par ne plus être qu'une apparence glissant d'elle comme la peau de la couleuvre, qu'elle a conservée dans un bocal, a dû tomber un jour, libérant un animal rajeuni, prêt pour d'autres aventures ?

« Ma vraie vie est ailleurs », se répète-t-elle en épluchant des courgettes.

Il y a des heures comme celle-ci où elle est saisie par le désir de tout planter là, de ne pas même faire de bagage, de prendre seulement son sac à main, un peu d'argent, de monter dans un train et de rentrer... Pour aller où ?

Se promener dans le quartier où elle rencontrait Georges ? Ou alors retourner chez Marthe, enfin réinstallée chez elle ?

Elle lui téléphone assez souvent. Marthe est la seule à savoir ce qu'il en est de son cœur. Elles ne parlent pas de son amour pour Georges, mais chacun des mots qu'elles échangent y fait allusion.

– Ça va ? demande Marthe.

Ce qui signifie : comment te supportes-tu, loin de lui ?

– Il fait beau, répond Rose.

Façon de laisser entendre qu'elle est dans le quotidien, mais ne s'en soucie guère.

C'est en effet cet été-là que Rose, sans vraiment s'en apercevoir, se met à ne plus accorder d'importance aux embêtements de tous les jours : un objet qui se brise ou se perd, un contretemps, un magasin fermé, la voiture en panne..., tout ce qui la faisait bouillir autrefois, comme tout un chacun !

– Mais qu'est-ce que tu as à la jambe ? lui demande Daniel un beau matin.

– Moi ? Rien...

– Mais si, regarde : ça suppure...

– Ah oui, peut-être, je n'y ai pas prêté attention !

– Il faut te soigner.

– Bah, ça guérira !

– Avec le sel qui creuse, tu devrais éviter de te baigner pendant quelques jours. Comment t'es-tu fait ça ?

– Je n'en sais trop rien !

C'était vrai.

Léman aussi s'est aperçu de sa blessure, il la lèche à temps réguliers, mais Rose, pour son compte, s'en contrefiche. Son corps l'intéresse moins qu'avant. Lui non plus n'est pas là, il est resté auprès de Georges.

Daniel lui lance de drôles de regards :

– Qu'as-tu ? lui dit-il parfois.

Rose tombe des nues : n'est-elle pas parfaite ?

– Moi ?

– Cesse de répéter « moi ? ».

– Mais que veux-tu que je te dise ? Je ne comprends pas ta question, je suis comme d'habitude : bien !

– Tu as l'air bien, c'est vrai, mais tu n'es pas comme d'habitude.

– Je ne sais pas, moi, je vieillis, je me calme... Comme Léman ! Il est devenu plus paisible, tu ne trouves pas ? Il fait moins le fou, il n'aboie plus autant.

– Tu n'es pas un chien, ma chérie, tu es ma femme, et ma femme...

– Qu'est-ce qu'elle a, ta femme ?

– Elle n'est plus avec moi.

Daniel a raison, Rose n'est pas avec lui. Pourtant elle l'aime ; qu'il ait un problème, un pépin de santé, et il la trouvera fidèle au poste.

Fidèle à son premier engagement. « Tu t'es mariée devant Dieu, se dit-elle parfois ; tant pis pour toi et pour Lui ! »

Car Dieu ne peut pas être content de ce qui lui arrive, ce n'est pas possible !

Les deux femmes se sont allongées sur la plage, leurs têtes sous le même parasol, le reste de leurs corps au soleil. Rose allongée sur le dos, un bras replié sur les yeux, Christine est étendue sur le ventre et tient les siens fermés.

– C'est une telle horreur...

Le mot s'accorde mal avec la beauté resplendissante du plein midi, mais Rose sait qu'il est hélas à sa place. N'est-ce pas ce qu'elle-même ressent, ici et maintenant ?

Elle se tait, laisse Christine continuer.

– Tout était tellement normal entre nous : la vie quotidienne, les projets, nos conversations... Rien n'avait changé. Il lui arrivait même d'être tendre, de me caresser les cheveux au passage, de s'inquiéter de mon bien-être, de m'appeler « chérie »... Comme je n'avais jamais eu l'occasion d'être jalouse, je ne l'étais pas, je ne vérifiais pas ses emplois du temps, je ne lui faisais pas les poches...

– Qu'est-ce que cela aurait changé ?

– J'aurais pu me battre, le détourner de cette femme...

Et elle-même, Rose, si Daniel tombait sur les dernières lettres qu'elle a reçues de Georges et qu'elle a enfermées dans le coffre à bijoux dont elle est seule à posséder la clé, également dissimulée, qu'est-ce que ça mettrait en mouvement ?

Peut-être une énorme dispute, une cassure qui lui permettrait de partir ? Pas forcément pour rejoindre Georges, si lui-même ne le désirait pas. Au moins pour avoir tout son temps et le consacrer à penser à lui, rien qu'à lui.

Plus de corvées, plus de ménage, plus d'enfants, plus de lit conjugal, plus rien qu'elle-même avec elle-même.

Le paradis ? L'enfer ?

– Là, Jean a attendu que tout soit bien en place, son autre vie bien préparée, ses décisions prises, ses affaires en ordre – oui, ses affaires aussi, il a pensé à tout, même à louer un nouvel appartement –, pour m'assener soudain qu'il en aimait une autre et qu'il partait le soir même... Sans me laisser le temps de me retourner, de me défendre. De m'habituer...

– Tu crois qu'on s'habitue ?

– Au moins j'aurais pu essayer, reprendre mon souffle... Pleurer – avec lui encore dans la maison...

En somme, il ne lui a pas laissé le loisir ni la satisfaction de lui faire des scènes, de le torturer à son tour, de gâcher autant que faire se pouvait son bonheur tout neuf...

Mais Rose ne s'ouvre pas à elle de ses réflexions : Christine est si douloureuse, si fragile...

Lorsqu'elle a téléphoné, la semaine dernière, elle a tenté, pendant quelques minutes, de faire bonne figure, prétendant s'intéresser à leurs vacances, puis elle s'est effondrée au bout du fil.

– Christine, qu'y a-t-il ? Qu'as-tu ?

D'une voix entrecoupée de sanglots, Christine a fini par articuler :

– C'est le premier été que je passe sans Jean... Je n'y arrive pas... Je pleure tout le temps, j'ai envie de mourir...

Daniel était dans la pièce ; Rose, secouée, a levé les yeux vers lui, cherchant un appui, un conseil sur la réponse à donner. Il était au courant du drame que vivait Christine, du départ de Jean avec une jeune stagiaire au bureau depuis peu et à qui il avait fait un enfant. Daniel avait haussé les épaules : « Dis-lui de venir, ça lui fera du bien d'être au soleil... » Puis, au moment de quitter la pièce, il a lancé : « À moins que cela ne te barbe d'entendre parler d'amour et de trahison toute la sainte journée... »

Christine est arrivée le lendemain, belle dans ses larmes, amaigrie, et Rose s'est dit que non, ça ne l'ennuyait pas de l'écouter ressasser les détails, les uns dérisoires, les autres pathétiques, de la « trahison » de Jean. Ainsi nomme-t-elle le fait, pourtant banal à notre époque, qu'il l'ait quittée pour une autre.

Rose se demande : quitter quelqu'un qu'on aime moins pour quelqu'un qu'on aime plus fort serait donc une félonie ?

Mais ne rien dire, alors, continuer sa vie

auprès d'un homme tout en pensant sans cesse à un autre, comment cela s'appelle-t-il ?

– Les hommes sont abominables, répète Christine en s'asseyant brusquement. Donne-moi la crème solaire, s'il te plaît, je suis en train de brûler...

– Pourquoi spécialement les hommes ? demande Rose qui s'est accroupie pour aider Christine à huiler son dos devenu effectivement assez rouge. Il n'y a pas que les hommes pour changer de cœur, continue-t-elle, les femmes aussi...

– Ah non, les femmes sont plus fidèles ! Jamais je n'aurais fait ça à Jean sans motifs...

Rose rit, se met debout, se tourne du côté du soleil en se passant à son tour de la crème sur le visage et les bras.

– Tu crois vraiment que c'est la raison qui pousse à aimer ou à désaimer ?

Christine se lève à son tour ; elles sont face à face dans leurs minuscules maillots de bain, presque seules sur la plage ; Daniel et les enfants sont partis sur un petit bateau à moteur naviguer le long des calanques.

– Imagine, insiste Christine, que Daniel revienne de la mer et te dise ce soir, pendant que tu prépares le dîner : « À propos, chérie, je te quitte, je pars avec une fille que j'ai rencontrée au bureau... » Comment prendrais-tu ça ?

– Je ne sais pas, dit Rose. Comme toi, probablement.

– À cette différence près que ça ne peut pas t'arriver !

– Pourquoi dis-tu ça ?

– Parce que ton mari t'aime, je vois bien comment il te regarde ! Les autres femmes n'existent pas pour lui. Moi, par exemple, il ne sait même pas que je suis là...

– Daniel t'aime bien.

– Il me tolère, puisque je suis ton amie. Je le devine... Daniel est parfaitement monogame. Tu as de la chance...

– Je ne sais pas, lâche Rose qui s'est mise en marche vers la mer.

Christine la suit.

– C'est une telle souffrance de ne pas être la préférée, crois-moi !

– Je ne sais pas, répète Rose.

Est-ce de cela qu'elle souffre : de ne pas être la préférée de Georges ? de ce qu'il n'ait pas tout cassé, tout abandonné pour elle ?

En même temps, elle ne le voulait pas. Ils en étaient incapables, l'un comme l'autre. Tout compte fait, Jean a montré plus de courage. Mais était-ce du courage ?

Lorsqu'elle voit dans quel état est Christine, dévalorisée à ses propres yeux, incapable de reprendre pied, de s'aimer elle-même... Une sorte de déchet humain que cet homme, son mari, a laissé derrière lui, sans scrupules.

Rose s'arrête brusquement :

– Est-ce que Jean est heureux ?

Christine la dévisage :

– Je ne l'ai pas revu, je pense que oui... Son enfant va bientôt naître...

– Moi, je suis sûre que non, affirme Rose. Il n'est pas heureux et ne le sera jamais. Il va continuer à vivre, à travailler, il aimera sans doute cet enfant, mais, au fond de lui-même, il y aura...

– Il y aura quoi ? interroge Christine, suspendue à ses lèvres.

– L'enfer..., dit Rose

Elle s'est mise à courir, entre dans la mer d'un coup, sans tenir compte de sa fraîcheur, et nage rapidement vers le large.

L'enfer, c'est d'être coupé en morceaux. Une partie de soi ici, l'autre ailleurs.

Ce qu'elle ressent en ce moment.

Un à un, Rose introduit les derniers volumes arrivés dans les rayons de la bibliothèque de prêt de son quartier parisien. Ce sont les titres plus que le nom de leur auteur qui la retiennent. Certains l'émeuvent : *La Confusion des sentiments, Une histoire d'amour ;* d'autres titillent son imagination : *L'Île des femmes de ménage, Le Double crime de la rue Morgue, Pavane pour un singe défunt, Vingt-quatre heures de la vie d'une femme.* Certains, au contraire, la laissent sans réactions : *Le Parfum, Le Rendez-vous.* Appellations conventionnelles, mais qui risquent de devenir des mots de passe si l'ouvrage déclenche l'intérêt général.

Avant de les mettre en circulation, Rose leur attribue un numéro accompagné de lettres de l'alphabet qui spécifient leur genre, leur date d'achat, et elle rédige une fiche qu'elle introduira dans l'ordinateur.

Les catégories sont nombreuses : *Documents, Philosophie, Voyages, Sciences humaines, Livres techniques, Policiers, Histoire, Romans...*

On devrait créer la catégorie « romans d'amour », se dit-elle en classant les ouvrages de fiction par ordre alphabétique.

Elle a remarqué que lorsqu'une lectrice demande : « Où sont les romans ? », c'est le plus souvent d'un air rêveur, complice, plein de sous-entendus, qui signifie qu'elle a envie – voire même besoin – d'une histoire de cœur. « Pas forcément d'aujourd'hui », ajoute la quémandeuse.

Alors Rose se dirige vers le rayons *Romans* et y pêche quelque grand classique : *La Princesse de Clèves, Werther, Le Lys dans la vallée, Belle du Seigneur...*

– Avez-vous lu ça ?

Tantôt c'est non. « Prenez-le, vous ne serez pas déçue... », recommande Rose.

Ou alors : « Ah oui, je l'ai lu autrefois, mais j'aimerais bien le relire... » On lui rend le volume trois semaines plus tard, un peu écorné, peut-être, mais surtout taché à l'intérieur – elle n'ira pas vérifier – par des traces de larmes.

Rose s'est ainsi aperçue qu'il n'y a pas beaucoup de romans d'amour dans la littérature actuelle. Ne serait-ce plus un thème ? Les romanciers racontent de plus en plus leur enfance, leurs rapports avec leurs parents, leurs difficultés d'adaptation à la société, leurs divagations, leurs divers moyens – drogue, alcoolisme, délinquance – d'échapper à leur condition ; ou alors – psychanalyse, thérapies... – de tenter de s'y adapter. Ils relatent aussi leurs voyages, leurs carrières, leurs échecs ou leurs succès professionnels.

D'amour, point, ou si peu : des rencontres, le plus souvent sexuelles, toujours décevantes. On se croise, on se baise, se marie ou non, puis on se quitte. On n'en meurt pas.

Il y a aussi des règlements de comptes : les hommes – ils l'ont toujours fait – jugent sévèrement les femmes ; les femmes – c'est nouveau – dévoilent ce qu'au fond d'elles-mêmes elles pensent des hommes. Chaque sexe se révélant pour l'autre insuffisant, menteur, hypocrite, lâche, ne comprenant rien aux besoins de son partenaire, singulièrement au lit, et surtout, surtout, infidèle !

« Bah, disent ses lectrices en lui rendant l'ouvrage, c'était pas mal, ça m'a fait passer un moment... »

Manifestement, l'émotion, celle qui vous fait pleurer des nuits entières sur des chapitres parcourus au galop, n'était pas au rendez-vous. Ni la possibilité de revivre page après page ce qui les taraude : le souvenir éternel de leur propre aventure, qu'elle ait été longue ou brève, rêvée ou bien réelle.

Et elle, Rose, que lit-elle ?

Rien, justement.

En ce moment, elle ne peut pas. Les mots lui font mal, surtout les mots d'amour. « *Je t'aimerai toute ma vie* » est quelque chose qu'elle ne peut pas entendre proférer sans se boucher les oreilles.

L'autre jour, à la radio, elle a surpris quelques bribes d'une ancienne chanson de Joe

Dassin : « *Et l'on s'aimera encore / lorsque l'amour sera mort...* » Il y a eu comme une explosion dans sa poitrine, elle s'est ruée sur le poste pour l'éteindre. Puis une vague de douleur l'a submergée tandis qu'elle se répandait en larmes amères...

Et si c'était vrai, et si leur amour, à elle et à Georges, était mort ?

Pis encore : s'il n'avait jamais existé ?

Si elle avait tout inventé, comme ces femmes qu'elle voit venir à la bibliothèque, les yeux cernés par des nuits d'insomnie, avec le triste sourire de ceux qui n'espèrent plus rien : « Vous n'auriez pas un bon roman d'amour ? »

Ne s'est-elle pas créé, n'a-t-elle pas « écrit » à son seul usage un « bon » roman d'amour, afin d'user les jours, le temps, sa vie ?

À près de quarante ans, n'est-elle pas restée comme la plupart des femmes qu'elle voit à la bibliothèque : une vieille petite fille macérant dans un romantisme attardé ?

À peine plus lucide que les héroïnes de la grande prêtresse de l'amour à l'eau de rose, Barbara Cartland, ou que les petites niaises de ces ouvrages de la collection Harlequin qu'elle se refuse à recommander, même si la bibliothèque en contient plusieurs qu'on lui réclame régulièrement ?

Une « Madame Bovary » d'aujourd'hui : voilà ce qu'elle est, et plus arriérée encore que l'héroïne de Flaubert. Emma, au moins, était en avance sur son époque : elle risquait sa vie, sa réputation, son ménage, son enfant, tout pour sa passion !

Rose, elle, se protège sous prétexte de préserver les siens. Rose est lâche. Rose n'existe pas. Rose ne sait pas aimer.

Rose s'en veut.

À mourir.

Le silence se prête aux interprétations délirantes. Celui de Georges s'épaissit de mois en mois.

Comme Rose n'a personne à qui en parler, sauf Marthe au téléphone et à mots couverts, le doute empire, progresse, telle une épidémie que rien ne vient freiner.

Cet homme, pense-t-elle – le cher objet de son amour est maintenant devenu « cet homme » ! –, a certainement repris sa vie, ou plutôt la vie l'a repris.

Nul n'échappe à la formidable pression du quotidien, aux petites joies, aux petits bonheurs qu'engendre le fait d'être vivant, d'avoir un corps et de lui faire plaisir : se laver, manger, rouler en voiture, parler (oui, parler à autrui peut être aussi considéré comme un plaisir).

Georges doit jouir de la vie toute la journée sans elle, loin d'elle !

Et elle, alors ? Est-ce qu'elle n'en fait pas autant : il lui arrive de s'entendre rire à quelque chose que profère Daniel ou l'un des enfants.

Georges et elle sont pis que séparés : absents l'un à l'autre. En train de se « consoler » l'un de l'autre.

Avec d'autres.

C'est cela qu'ils appellent l'amour – lui comme elle, elle comme lui ? Cette tiédeur, sans même le courage de s'avouer en face que cela ne s'arrangera pas – sous-entendu : « tout seul » –, que les obstacles sont trop nombreux, trop importants, et alors on se quitte !

Ils se sont séparés presque sans rien se dire.

Se taire, en cas de conflit, est plus pratique, voire plus « économique ».

Voilà le grand mot lâché : même les sentiments, à notre époque, sont « gérés » sous le régime de l'économie.

Rose ressasse jour après jour ces pensées aigres, se détruisant elle-même.

C'est une collègue de la bibliothèque qui le lui fait remarquer :

– Qu'est-ce qui vous rend si sombre, Rose, un problème à la maison ?

Rose sursaute :

– Non, tout le monde va bien...

Éliane, un peu plus âgée qu'elle, généralement de bon conseil, sourit :

– Alors, un problème conjugal ! Ne m'en veuillez pas de vous dire ça : mais tous les couples traversent des crises, une petite tromperie de temps à autre... Il ne faut pas tout détruire pour autant... Laissez passer l'orage, prenez de la distance, voyagez... En votre absence, je suis capable de prendre ici le relais ; allez donc faire un tour ailleurs...

Rose remercie Éliane de sa générosité, sans pour autant lui avouer à quel point elle a tapé juste. Ou presque.

Rose a bien un problème conjugal, mais pas avec Daniel : avec Georges !

N'empêche que le conseil d'Éliane est bon : il lui faut s'éloigner un moment de sa vie ordinaire pour sonder le mal, tenter de savoir ce qu'il en est de son cœur.

– Est-ce que cela t'ennuierait si j'allais séjourner quelques jours chez tante Marthe ?

– Elle te réclame ?

– Elle est trop discrète pour cela, mais je suis sûre que cela lui fera du bien.

– À toi aussi...

– À moi ?

– Je te trouve pâlotte, ces temps-ci, souligne Daniel. Un peu triste.

Cela se voit donc tant que ça ? Et son mari qui ne lui disait rien !

Vivre en couple est à prendre à la lettre, comme s'il s'agissait de mécanique : si l'un bouge dans un sens ou dans l'autre, il entraîne son partenaire avec lui...

Rose se dit qu'il faut qu'elle en sorte. De quoi ? De cette spirale de la destruction qu'elle a mise en branle et qui les entraîne tous vers le bas.

Pour y parvenir, elle doit voir Georges afin d'apprendre ce qu'il en est exactement. Où il en est.

Soudain lui vient à l'esprit le fonctionnement de son four autonettoyant. C'est ainsi qu'elle doit procéder : pousser la température jusqu'à des centaines de degrés ; ensuite, il n'y aura plus qu'à essuyer la fine poussière grise résultant de la combustion, et c'en sera fini de son amour et de ses illusions.

À nouveau elle se retrouvera elle-même, délivrée de la passion et de ses angoisses.

Georges la serre si fort contre lui que les boutons de sa veste s'impriment dans sa chair.

À n'importe qui d'autre, Rose dirait : « Tu me fais mal ! », mais quand c'est Georges qui écrase son corps, mord sa bouche, lui tord les membres, elle trouve que c'est bon.

C'est la preuve physique qu'il est là, qu'ils sont ensemble, qu'ils se touchent ! Aussi qu'il la veut autant qu'elle-même le désire.

Enfin, qu'elle l'aime.

Elle est folle d'avoir douté. Il le lui dit lorsqu'elle lui confie la raison de son appel, de son besoin urgent de le voir :

– Tu es folle !

– C'est que tu m'as laissée si longtemps sans nouvelles : presque un an...

– Mais c'était pour toi, pour ta tranquillité, pour que tu puisses te retrouver avec les tiens...

– C'est le contraire qui s'est passé ! Je devenais malade... Je n'arrivais plus à rien faire, ni même à penser...

– Mais comment as-tu pu croire une minute que je t'oubliais, que je ne t'aimais plus ?

– Peut-on continuer à s'aimer sans se voir ?

– C'est ce qui vient de nous arriver pendant tous ces mois ! Est-ce que tu ne m'aimes plus ?

Elle fourre son nez dans son cou, y murmure :

– Je t'aime plus encore !

Rose ne se doutait pas qu'il y avait tant de muscles dans son corps à elle, tant de tendons, et que tous étaient noués. Du fait que ce corps est collé à celui de Georges, ils se relâchent un à un. Cette soudaine décontraction la surprend et elle se dit : « Je vais tomber ! », mais non, Georges la retiendra.

Rose ne savait pas non plus que cela faisait des jours qu'elle ne respirait plus à fond, à tel point que sa poitrine s'était resserrée ; maintenant elle se dilate trop vite, et, là aussi, de petits muscles qui n'étaient plus sollicités lui font mal. Mais c'est une douleur qui la conduit à se ressentir à nouveau elle-même.

Là, bêtement, sur ce quai de la gare des Bénédictins, elle renoue connaissance avec son corps. À travers cet homme, et parce qu'elle l'aime.

Mais l'amour ne se soucie nullement des lieux – tous lui sont bons !

L'amour ne connaît pas non plus la honte.

Rose a appelé Georges au numéro qu'il lui avait donné, plusieurs jours de suite et à des heures différentes, autant de fois qu'il a fallu. Cela a sonné dans le vide, jusqu'à ce qu'elle tombe enfin sur lui. Il s'agit d'un bureau installé dans sa propre maison, lui a-t-il expliqué, où il se rend rarement mais où existe une ligne privée. C'est depuis ce poste qu'il la joignait, au début.

Ce jour-là, il est entré par hasard dans la pièce pour y chercher un vieux dossier.

– Je veux te voir tout de suite, c'est très important.

– Bien, ma chérie, quand, où veux-tu ?

– Écoute, j'ai annoncé à la maison que je partais chez Marthe. Par le train. Je serai là-bas demain.

– À quelle heure arrives-tu à Limoges ?

– Treize heures onze.

– J'y serai avec ma voiture.

Son accord, sans hésiter ni exiger d'explications supplémentaires, n'a pas surpris Rose. Georges n'ignore pas que si elle lui demande quelque chose, c'est impératif. Ils ne sauraient devenir des étrangers l'un pour l'autre, comme il arrive à d'anciens amants. Que leur séparation soit courte ou longue, ils n'ont pas à se rapprocher : ils sont ensemble.

Se priver volontairement de cette entente miraculeuse, de cette présence à nulle autre pareille, lui paraît soudain criminel.

Après leur coup de fil, les heures ne s'écoulent plus pour Rose. Elles lui paraissent agglutinées, comme les ailes et les pattes d'une mouche tombée dans le miel. Dans sa tête aussi, c'est compact, elle ne peut détacher aucune de ses pensées de l'instant de son arrivée à Limoges.

Le simple fait d'avoir entendu sa voix s'est révélé si fort qu'elle s'est déjà rassurée : ses doutes concernant Georges, l'amour qu'il lui porte, ont commencé à s'envoler.

Au fond, elle va le voir pour rien, elle n'a plus rien à lui demander, plus de questions à lui poser. Plus qu'une formidable attente qui n'a besoin que de le toucher pour se transformer en joie.

– C'est terrible, ce qui nous arrive ! dit-elle lorsqu'il se détache enfin d'elle pour la prendre sous le bras et l'entraîner vers le parking.

– C'est merveilleux, lui répond Georges en écho.

– Qu'est-ce qu'on va faire ?

Elle parle de l'avenir.

Georges sourit comme s'il la trouvait bien pressée de sauter les étapes. Il y a d'abord le présent.

– J'ai retenu une chambre dans un hôtel un peu hors de la ville, sur la hauteur. Ils en ont très peu et, en cette saison, les autres sont inoccupées. Nous serons seuls.

– Il faut que je prévienne tante Marthe, elle m'attend. Tu sais, on aurait pu aller chez elle, dans l'atelier...

– Je préfère être avec toi sans témoin, n'avoir à parler à personne. Tiens, j'ai la clé de la chambre dans ma poche, nous n'aurons même pas de concierge à affronter. Je t'emmène dans mon château enchanté, et il est désert.

Rose s'empare de la grosse clé que lui tend Georges ; elle ne ressemble pas à la clé d'une chambre d'hôtel, plutôt à celle d'une demeure ancienne. Elle se dit qu'ils vont refermer la porte sur eux à double tour, et qu'elle va jeter cette clé par la fenêtre.

Pourvu que ce soit de très haut.

Pourvu que ce soit pour toujours !

– J'ai vieilli, tu sais..., avance Rose d'un ton léger.

Georges rétorque aussitôt :

– Moi aussi. Un an, ça compte énormément en durée de vie humaine.

– C'est une chose affreuse...

– Mais non !

– Je ne parle pas de vieillir, mais du fait que je suis devenue comme une étrangère parmi les miens ! Je fais ce que j'ai à faire, j'accomplis du mieux possible les tâches quotidiennes, j'éprouve même du plaisir quand je réussis ce que j'ai entrepris, fût-ce une tarte aux pommes. Et puis, cela s'arrête là. Tu comprends ?

– Oui.

– Est-ce que tu ne crois pas que c'est mal ?

– Quoi ?

– C'est comme si je les trompais encore plus que si je te voyais... Il me semble que si nous nous rencontrions de temps à autre, comme au début, je serais plus présente à eux, le reste du temps, puisque j'aurais le sentiment de ne pas avoir renoncé à l'essentiel.

– C'est quoi, l'essentiel ?

– Mon amour pour toi. Si je ne le vis pas, cet amour, si nous continuons à le refuser, à l'escamoter, ce n'est pas seulement vieillir qui m'attend...

Comme il l'écoute !

– ... je vais devenir une femme aigrie, j'en voudrai à tout le monde, surtout à toutes les autres femmes, aux femmes heureuses... Tiens, même à ma fille !

– Tu n'es pas une femme heureuse ?

– La plus heureuse du monde, en ce moment... Mais il faut que cela dure, tu comprends, que ça continue...

– Mais cela dure ! Tu le vois bien...

– Pas seulement de temps en temps...

Qu'est-ce qu'elle a à se retourner comme sur un gril et à vouloir l'y entraîner avec lui ? D'un coup, cela lui sort :

– Les femmes, c'est tous les jours !

Georges éclate de rire.

Ils sont nus dans ce grand lit, la fenêtre ouverte sur le ciel, la Vienne coule plus bas, luisante comme les poissons d'eau douce qui l'habitent.

– Mon amour, lui dit-il, je suis tous les jours avec toi. Je le serai toujours.

– Décidément, tu es bien un homme, pas une femme...

– Heureusement !

– Je veux dire que l'abstraction vous suffit, à vous autres ! La pensée, l'idée, le rêve sont aussi vrais pour vous que la réalité. Sinon plus... Moi, j'ai besoin de toucher. De te toucher, là, là et là...

Elle le caresse du bout des doigts de haut en bas : les lèvres, le cou, les bouts de seins, le ventre, le sexe, les cuisses...

Il saisit sa main, l'embrasse.

– Et comment se fait-il que saint Thomas ait été un homme et non une femme ? C'est bien lui qui a eu besoin de toucher pour croire ?

Rose réplique :

– Sainte Madeleine, qui était une femme, ne s'est pas contentée de désirer toucher, elle a touché pour de bon le corps du Christ. Moi, c'est pareil, je veux te toucher pour de bon, partout...

Elle refait le parcours du corps de Georges, cette fois avec ses lèvres. Se redresse.

– Tous les jours, tous les matins, tous les soirs... Tu comprends ?

Georges fait oui de la tête et, sans plus parler, la prend contre lui, la serre comme s'il voulait pénétrer son corps entier avec l'entièreté du sien, puis il la caresse là où sa chair de femme est ouverte, pénétrable.

Là où elle est un corps qui attend l'autre corps.

Ils sont assis, jambes pendantes, sur la bordure moussue de l'antique piscine du parc qui évoque à Rose les pêcheries de son enfance. Du temps où les exploitations agricoles – on disait « les fermes » – étaient en pleine activité, avec des bêtes qui avaient besoin de boire, des grenouilles qui se cachaient dans les joncs, des truites qu'on mettait en attente dans ces réserves d'eau fraîche alimentées par les sources si nombreuses en Limousin.

Le bassin rectangulaire, encadré d'un chemin de pierres taillées, a dû être splendide à l'époque de sa construction. Plus soigné et probablement plus coûteux que les piscines olympiques que les riches du show-business font creuser au pied de leurs villas dans la presqu'île de Saint-Tropez... Ici, la main inventive d'artisans amoureux de leur métier a introduit de la beauté dans chaque détail.

Aujourd'hui, des rosiers redevenus églantiers penchent sur l'eau leurs branches épineuses, des têtards et autres bestioles avides d'humidité prolifèrent. Des plantes aquatiques, lentisques, nénuphars, couvrent en partie la surface.

« C'est curieux comme les lieux ou objets qui ont perdu leur destination première changent peu à peu d'identité », se dit Rose. Un château ancestral devient relais-hôtel, une brouette se retrouve jardinière, un faisceau de fusils – elle l'a vu ! – se fait porte-manteau. Pis encore : une tête de cerf coupée devient objet de décoration...

Rose est prise d'un bref frisson : « Et un amour qui ne sert plus, que devient-il ? »

– Tu as froid ? demande Georges en lui entourant les épaules de son bras.

Ils ont voulu revenir sur les lieux de leur rencontre imprévue, là où Rose avait pris peur en apercevant une silhouette d'homme dans cet endroit qu'elle croyait désert.

– Il faut que je te fasse un aveu, lui dit Georges. Ce n'était pas tout à fait un hasard...

– Quoi donc ?

– Si je me trouvais là, ce fameux jour. En fait, j'étais à ta recherche...

– Mais comment pouvais-tu savoir que je me trouvais dans ce parc ? Tu ne connaissais même pas mon nom...

– Aux *Deux-Magots*, tandis que nous parlions livres et lecture, tu m'as dit que jeune fille, tu passais des vacances entières chez ta tante Marthe, au Vigen, près de Limoges ; qu'elle y possédait une collection de vieux livres, des romans d'avant-guerre, difficilement trouvables de nos jours, sauf chez les bouquinistes. Tu y avais formé ton goût littéraire.

Aussi, que tu aimais y retourner, que tu y serais dans quelques semaines, à relire André Maurois, Claude Farrère, Georges Duhamel, Maurice Dekobra, Germaine Beaumont, des écrivains passés de mode, s'exprimant dans une langue parfaite. Tu vois, je n'oublie rien de ce que tu me dis !

– Nous avions parlé de ça, c'est vrai, mais je n'avais pas fait mention du parc, si je me rappelle bien ?

– En examinant la carte, j'ai vu que le village de Marthe jouxtait ce vaste domaine entourant un château. Tu m'avais aussi confié que tu aimais bien venir lire dans les bois, ou alors face à l'horizon, que tes pensées y prenaient leur essor... J'ai donc décidé de me renseigner et quand j'ai appris que cet espace grandiose n'était plus entretenu ni habité, je me suis dit, ma princesse, que c'était un endroit pour toi ! Tu étais bien capable d'y aller rêver en solitaire, un livre à la main, peut-être même d'y penser à moi...

Rose se met à rire :

– Tu me sidères ! Ainsi, tu me prévoyais jusqu'au bout des ongles avant même de vraiment me connaître... Malgré tout, la chance a joué : tu étais là le bon jour à la bonne heure...

– À vrai dire, je suis revenu plusieurs jours de suite, soir et matin. Et puis la chance a joué, comme tu dis !

– Mais ces plans que tu étais censé relever ?

– C'était exact. Il m'a vite semblé que cet endroit méritait mieux que l'abandon, et j'ai fait un rapport au ministère de l'Environnement, lequel s'en occupe désormais...

« Et moi, se dit Rose, est-ce que je ne mérite pas mieux que l'abandon, plus encore que ce parc ? »

En fait, elle ne sait plus si elle est heureuse de voir à quel point Georges tenait à elle dès le départ, jusqu'à se faire détective et à la retrouver à partir de si faibles indices, ou si elle est malheureuse de devoir renoncer à sa conviction que c'est la fatalité qui les a réunis.

Le destin contre lequel, les anciens le savaient, nul n'est à même de lutter...

– Rose, tu ne m'en veux pas de ne pas te l'avoir dit tout de suite ? Tu avais l'air si émerveillée à l'idée qu'après nous être perdus de vue, nous étions tombés l'un sur l'autre au fond des bois... J'ai voulu que tu continues à t'enchanter de ce conte de fées !

– Alors, pourquoi me révèles-tu la vérité aujourd'hui ?

– J'ai envie que tu saches ce dont je suis capable pour ne pas te perdre, pour faire partie de ta vie en dépit des obstacles !

– Les obstacles ? Il y a des obstacles ?... Georges, si nous vivions ensemble ?

Cela lui échappe, et sans doute a-t-elle tort, mais c'est la magie de l'environnement qui l'y a incitée. Et la confidence de l'opiniâtreté de son amant. Que peut répondre Georges à une demande aussi abrupte ?

– Oui...

L'acquiescement est prononcé d'un ton si

naturel que Rose se demande si Georges a bien entendu sa question.

Avec un brin de jonc cueilli au coin de la vieille piscine, elle taquine l'une de ces araignées à longues pattes – les faucheux – qui ont trouvé le secret de la marche sur l'eau : une petite bulle d'air emprisonnée sous leur ventre à la façon de ces *air-bags* protecteurs mis au point par les industries de l'automobile...

– Tu es d'accord ?

– Puisque tu me le demandes... Je ne voulais pas te l'imposer, mais cela a toujours été mon désir. Mon espoir, aussi...

– Et Lise, et Flore ?

– Et Daniel, et Sophie, et Patrick ? Il faudra qu'ils s'y fassent. Toi et moi, nous ne sommes pas séparables...

C'est au tour de Rose de dire « oui ». Rien de plus que « oui ».

Un serpent file en ondulant à la surface de l'eau. C'est une couleuvre – les vipères redoutent de se mouiller –, peut-être celle qui lui a fait cadeau de sa mue, il y a quelque temps.

La voici qui réapparaît pour lui faire comprendre que c'est son tour à elle, l'humaine, de changer de peau.

Georges reparti pour Paris, Rose quitte l'hôtel et s'en retourne chez Marthe.

La porte de la petite maison n'est pas encore refermée qu'elle lâche tout. Sans doute parce que c'est si fort qu'elle ne peut parler d'autre chose ni le garder pour elle.

– Je vais vivre avec Georges.

– Ah ! fait Marthe sans s'émouvoir.

– Nous ne pouvons pas nous passer l'un de l'autre.

– On le dirait, en effet.

– C'est tricher que de continuer à faire semblant. De toutes façons, je ne peux pas...

– Tu ne veux pas, c'est pareil.

– Maintenant, il faut que je le leur dise !

Rose s'est laissée tomber sur le fauteuil recouvert d'une tapisserie à fleurs. Par la fenêtre à petits carreaux, elle aperçoit le jardin qui prend ses allures de printemps : pousses nouvelles, premières feuilles aux rosiers, bourgeons prêts à craquer. Une part d'elle-même contemple ce spectacle à la fois normal et miraculeux comme la naissance d'un nouvel enfant.

Quelque chose en elle s'identifie à cette montée de la sève, y puise des forces pour un nouveau départ.

– Qu'est-ce que tu penses, tante Marthe ?

– Je n'ai rien à penser, ma chérie, ce sont tes affaires... Tu les mènes comme tu veux.

– Ce que je te demande, c'est s'il faut que je téléphone, que j'écrive, ou que je rentre à Paris pour m'expliquer directement avec Daniel. Comment va-t-il le prendre ?

– Mal.

– Je voudrais qu'il comprenne que je l'aime...

– Il ne le comprendra pas.

– Pourtant, c'est vrai.

– Je sais. Tu veux une tasse de café ?

Marthe, qui claudique un peu à cause de sa prothèse, pose sur la table de la cuisine, près de la cafetière émaillée, du pain en baguette, tout frais, et de la confiture de mûres de l'année écoulée. Une rareté, les mûres.

– Je ne sais pas où nous allons vivre.

– Le mieux serait...

– Tu as une idée ?

– Un sentiment : si vous pouvez, vous devriez quitter la France, en tout cas Paris. Je ne vous vois pas, l'un et l'autre, courant tous les deux jours dans vos foyers respectifs, invitant à tour de rôle les enfants de l'un ou de l'autre à coucher ou pour le week-end, comme ils font tous.

– Qui ?

– Ceux qui divorcent sans divorcer, qui se tissent des familles à mailles larges, dans plus ou moins de promiscuité... C'est la seule chose dont je sois sûre : l'amour, la passion n'apprécient pas la promiscuité. Ni les enfants d'un premier lit. Cela se termine toujours mal. Rappelle-toi Hamlet !

Rose laisse tomber sa tartine, se met à pleurer.

– C'est ce pauvre Hamlet qui te fait pleurer ?

– C'est l'idée de ne plus revoir mes enfants... Ils vont devenir des étrangers. Ils auront sans doute une autre mère...

– Et toi, d'autres enfants !

– Je n'en ai pas envie, Georges non plus. Nous voulons seulement nous aimer, tranquilles. C'est un crime ?

– Peut-être.

– Oh, tante Marthe, tu ne m'aides pas !

– Il n'y a que ton cœur qui puisse t'aider... Essuie ta bouche.

Regard éberlué de Rose.

– C'est comme ça : les mûres, c'est bon, mais ça tache. Ça fait les lèvres bleues et les dents noires !

Re-sanglots de Rose :

– C'est à l'intérieur que je suis toute noire... Si tu savais... Je l'aime si fort... Je voudrais tout lui donner de moi... Tout... Même mes enfants... Seulement...

– Quoi ?

– Est-ce que mes enfants sont à moi ? Ai-je le droit de disposer de ce qui n'est pas à moi ?

– Tu sais ce que disait un poète ? La liberté ne se donne pas, elle se prend...

– Je n'ai pas envie d'être libre, tante Marthe, j'ai envie d'appartenir. À Georges. Qu'il fasse de moi ce qu'il veut...

– Quand te rappelle-t-il ?

– Nous n'avons convenu de rien. Il m'a dit que...

Cette fois, Rose a posé ses deux bras sur la table, son dos n'est plus qu'une vague convulsive.

Marthe se lève, plaque ses deux mains sur ce dos pour l'apaiser.

C'est d'une pauvre voix brisée que Rose achève :

– Il m'a dit : je n'aime que toi au monde ! Moi aussi, je n'aime que lui... C'est le monde...

– Qu'est-ce qu'il a, le monde ?

– Il ne nous aime pas.

– Allez, va prendre un bain chaud. On verra ensuite ce qu'on peut faire avec ce vilain monde qui ne t'aime pas, crois-tu...

Rose demande à Marthe si elle a du papier à lettres.

La vieille dame sort d'un tiroir un bloc quadrillé :

– C'est tout ce que j'ai.

Les gens simples apprécient qu'il y ait des lignes tracées d'avance lorsqu'ils s'apprêtent à écrire. Rose se dit que c'est ce dont elle-même aurait besoin : des chemins balisés. Mais il n'y en a pas pour elle – sauf sur ce morceau de papier !

Elle tire un stylo-bille de son sac, s'installe dans sa chambre devant la petite table ronde sur laquelle se trouvent le poste de téléphone, un verre de cristal taillé avec sa carafe, et se dispose à écrire à Daniel. Pour tout lui avouer.

Sa main s'appuie sur le bloc, trace d'un jet les premiers mots : « *Georges, mon bien-aimé...* ».

Puis s'arrête d'écrire, car elle ne s'attendait pas à ce lapsus ! En même temps, elle n'en est point trop surprise ; elle a tant besoin, en ce moment, de parler à Georges, de se confier à Georges !

Daniel ne comprendra rien.

Elle doit pourtant se résoudre à avertir son mari, elle s'y est engagée vis-à-vis de Georges. Elle lui a affirmé qu'elle allait non pas se libérer – en son for intérieur, c'est fait –, mais *les* libérer d'elle.

Eux, c'est-à-dire les siens : son mari, ses enfants. Comme si elle était disparue. Morte.

Elle va reprendre une autre feuille de papier et c'est cela qu'elle va écrire : « *Mes chéris, je suis morte, morte pour vous...* »

Mais, auparavant, elle va continuer sa lettre à Georges : « *Tu me manques, mes pensées ne savent plus comment se diriger lorsque tu n'es pas auprès de moi. C'est une période si difficile...* »

Elle se relit. Un message de cette sorte ne peut qu'attrister Georges. « Tu es la vie, ma vie », lui répète-t-il.

Si sa vie flageole, que peut-il devenir ?

Le téléphone sonne. Rose décroche, le cœur battant. Est-ce lui ?

C'est Daniel.

Il a l'air inquiet, et Rose se demande s'il n'est pas au courant de sa décision de le quitter. Ce qui l'arrangerait bien : plus besoin de rien annoncer !

Mais il s'agit d'autre chose – de l'immédiat : « Je suis ennuyé, je dois partir demain pour trois semaines. Une nécessité subite, tu sais comme cela se passe dans cette entreprise... Ce qui m'embête, c'est de laisser les enfants seuls : ils ont des examens, il faut qu'ils travaillent sans relâche à la maison. Tu rentres quand ? »

Rose s'entend répondre : « Demain soir... »

C'est plus fort qu'elle : son foyer la réclame !

Et puis, lâchement, elle se dit : « Daniel sera parti avant que je n'arrive ; comme ça, je pourrai préparer plus tranquillement mon propre départ, l'annoncer aux enfants, rendre les choses plus... »

Plus quoi ?

Elle n'en sait rien. Elle sait seulement qu'elle a un peu de temps devant elle avant de faire le saut dans l'inconnu.

Le téléphone raccroché, elle refait sa lettre à Georges sur une autre feuille de papier : « *Je serai demain à Paris. Les enfants vont se retrouver seuls pour quelque temps, je vais m'occuper d'eux avant le retour de leur père. Ensuite, toi et moi serons libres d'être l'un à l'autre... Donne-moi rendez-vous, j'ai tant besoin de te voir tout de suite...* »

Elle a envie de signer « Ta femme », mais c'est trop tôt, même si Daniel n'est déjà plus son mari et qu'elle le considère plutôt comme son troisième enfant.

Quand Rose arrive au bas de l'escalier, son enveloppe cachetée à la main, Marthe lui lance un bref coup d'œil :

– Je vois que tu vas mieux. C'est Georges qui t'a appelée ?

– Non, c'est Daniel.

– Alors, tu lui as dit, pour Georges et toi ?

– Il part en voyage, je le mettrai au courant

à son retour. Il était pressé, il m'a demandé de rentrer pour m'occuper des enfants pendant qu'ils sont seuls, tu comprends...

– Je comprends, dit Marthe. Et la lettre, c'est pour qui ?

– Pour Georges.

– C'est lui que tu quittes ?

– Mais non, tante Marthe ! Je n'ai pas changé d'avis, je lui donne rendez-vous pour régler les derniers détails. C'est tout.

– Dieu t'entende, et que ce soit tout... Puisque tu vas à la poste, prends du pain sur le chemin du retour.

– Tu n'as besoin de rien d'autre ?

– Si, commande-moi une nouvelle boîte de mon médicament chez le pharmacien, il sait lequel. Ah, et achète-moi *Bonne Soirée*, c'est le jour où ça paraît.

Les nécessités de la vie quotidienne ont un goût de normal qui rassure, comme si tout continuait en nous, hors de nous, quoi qu'il arrive.

On peut s'y raccrocher.

Dès son retour, Rose s'installe dans une nouvelle vie : elle donne rendez-vous à Georges tous les soirs après dîner, une fois les enfants couchés et endormis.

Les amants se retrouvent aux *Deux-Magots*, le café où ils ont pris leur premier repas en commun – un chocolat chaud ! Ils en reprennent : c'est leur « petite madeleine »... Puis ils partent pour de longues promenades à travers Paris au hasard des quartiers.

Ils vont à l'hôtel. Pas chaque fois : ils aiment aussi déambuler dans la ville, la nuit, sur les quais, à contempler la Seine en se tenant par la main, par la taille, comme des jeunes gens amoureux. Puis s'embrasser follement dans la voiture lorsque Georges la raccompagne chez elle. Dans une douceur de début – ou de fin – du monde...

Un matin, en se coiffant devant la glace, une phrase monte spontanément aux lèvres de Rose : « J'ai tout ! »

De fait, elle a Georges, mais aussi sa fille et son fils, et la possibilité de réconforter Daniel chaque fois qu'il lui téléphone. Dans la journée, lui a-t-elle recommandé, pas la nuit, afin de ne pas réveiller les enfants.

S'il appelle l'après-midi, c'est elle qui sort du sommeil, car elle fait la sieste afin de pouvoir tenir sans fermer l'œil de la nuit... Mais elle ne le lui dit pas. Pas plus qu'elle ne demande à Georges comment lui-même s'arrange pour travailler dans la journée et être avec elle du soir au matin.

Georges fait son affaire de tout, semble-t-il, et c'est ce qui rend si bon de vivre avec lui.

Car Rose a le sentiment de vivre avec cet homme, même s'ils ne se voient guère dans la journée – mais quels couples se voient nuit et jour, si ce n'est les retraités ? – et même s'ils ne partagent pas le même habitat. Ils ont d'ailleurs mieux qu'un appartement pour territoire commun : la ville entière.

Tout y passe : leur enfance, leur adolescence, leurs premières amours, leur installation dans le mariage et l'état de parents. Des choses oubliées leur reviennent, qui les surprennent au point qu'ils en ont des fous rires. « Tu te rends compte de ce que j'ai fait ce jour-là, j'étais folle !... » « J'aurais aimé te connaître quand tu étais folle... » « Ne t'inquiète pas, je le suis encore, et plus que tu ne le supposes... » « C'est déjà fou d'être avec toi ici !... »

S'ils reprennent jusqu'au moindre détail de leur passé respectif comme pour s'en décharger l'un sur l'autre, à la façon d'une confession générale, ils ne soufflent mot de l'avenir.

Rose ne dit pas : « Quand nous vivrons ensemble... » Georges non plus. Ils ne préparent rien du futur.

Aux petits des oiseaux Dieu donne leur pâture, certes, mais ne rien prévoir peut se révéler imprudent.

À moins – est-ce le cas ? – qu'ils ne se sentent sur la branche, prêts à s'envoler ?

Ensemble ou séparément ?

Les jours passent. Trois semaines, c'est court.

Un jour, on est la veille du retour de Daniel.

C'est Georges qui le rappelle à Rose. Non qu'elle l'ait oublié, mais elle n'a nulle envie de jeter entre eux une ombre qui émanerait d'elle...

– C'est bien demain que rentre Daniel ?

– Je crois... Oui, c'est demain.

– Vers quelle heure ?

– Le soir, à cette heure-ci.

– Tu vas le chercher ?

– Il y tant de retards, avec les longs courriers, qu'il préfère que je l'attende à la maison.

– Bien.

Sous-entendu : alors, nous ne nous verrons pas demain.

Rose se râcle la gorge :

– Je voulais te dire...

Ils avancent sur le large trottoir de la rue de Rennes, désert à cette heure, en direction de la gare Montparnasse.

– Ne me dis rien, coupe Georges en lui posant la main sur l'avant-bras.

Cela fait un moment, depuis que le prénom

de Daniel a été prononcé, qu'ils ne se touchent plus, marchant du même pas, mais à distance.

Une fois de plus, Georges a raison : ils n'ont rien à dire.

Ils savent l'un comme l'autre ce qui les attend. Plus exactement : ce qu'ils ont choisi d'un même cœur, dans un accord tacite, au cours de ces trois semaines d'amour sans frontières.

Ils ne vivront pas ensemble.

Ils ne vont plus se voir ; cette fois, c'est définitif.

À partir de cette minute.

Au moment où le corbillard franchit le portail du petit jardin, Rose s'effondre, abattue par une crise de sanglots convulsifs. Daniel se tient debout derrière elle. Il pose la main sur son épaule tandis que Sophie et Patrick, qui l'encadrent, se rapprochent pour la serrer de plus près.

Ils n'ont pas autant de chagrin qu'elle, ils ne voyaient Marthe que rarement, même s'ils échangeaient avec elle des cartes de vœux au moment du nouvel an, et si, à chacun de leurs anniversaires, leur grand-tante se manifestait par un petit cadeau bien choisi. Toutefois, ils savent quel lien profond, filial, unissait Rose à sa marraine. Lequel s'était encore renforcé ces derniers temps : il ne s'écoulait pas de mois sans que Rose vînt passer un jour ou deux auprès de la vieille femme qui s'était refusée à être admise en maison de retraite.

« Ma retraite est ici, chez moi, parmi mes fleurs et je peux même dire parmi mes oiseaux... Cela fait des générations de volatiles que je les nourris, tu penses, je fais partie de leur famille... Depuis que Brunet est mort, ils entrent même dans la maison et se perchent sur la pendule. »

Rose s'était arrangée pour que des personnes du voisinage se succèdent au service de Marthe, l'une le matin, l'autre l'après-midi, une troisième pour les samedi-dimanche, jours où l'on trouve difficilement du service même lorsqu'on est vieux, malade, impotent.

Marthe était rarement malade. Quand Rose, au téléphone, a appris que sa tante était couchée avec de la fièvre, elle a aussitôt appelé le médecin qui lui a dit : « Si vous pouvez venir, ce sera aussi bien. » Elle a accouru.

C'est dans ses bras, quelques jours plus tard, que Marthe a rendu le dernier soupir. Elle sommeillait beaucoup, les dernières heures, ce qui ne l'empêchait pas, dès qu'elle recouvrait sa lucidité, d'interroger Rose, encore et encore, sur son bonheur :

– Ça va, toi ?

– Mais oui, tante Marthe, ne t'inquiète pas.

– Remarque, tu n'as pas mauvaise mine, mais il ne te manque pas trop ?

– Si.

– Je m'en doutais. Alors ce n'est pas vrai que tu vas bien ; tu souffres.

– Cela va te paraître bizarre, mais pas vraiment...

– Tu penses le retrouver un jour, c'est ça ? Tu vis d'espoir ?

– Je ne crois pas...

– Comment peux-tu te résigner ainsi ? Une telle passion... Tu ne me croiras pas, mais c'est à moi que cela fait de la peine ; j'en suis à me demander si je n'en ai pas plus que toi... J'aimais...

Dans un souffle : « ... votre amour ! »

Rose a souri, lui a pris la main, sa chère main autrefois si active et qui, pour la première fois, repose sur le drap de lit sans rien faire.

Elle venait de prendre conscience que l'amour si fort qui l'unissait à Georges avait aidé Marthe à vivre, elle aussi. Comme si l'amour était un bien commun si rare en ce monde que, lorsqu'il venait à exister entre deux êtres, les autres en prenaient leur part.

S'ils y parvenaient...

C'est ce qui la désole si fort lorsque le corps de Marthe quitte sa petite maison – pour Rose, le lieu de ses meilleurs souvenirs d'amour. De sa première nuit avec Georges.

En pleurant Marthe, Rose pleure sur son amour.

Défunt, lui aussi ? Enterré avec sa seule confidente, celle qui avait su le partager avec tant de tact et de tendresse ? Sachant être là lorsqu'il le fallait, se retirer sur la pointe des pieds lorsque Georges et elle avaient besoin de se retrouver seuls au monde ?

Tant que sa tante a vécu, il a semblé à Rose que quelque chose de leur passion subsistait dans chaque moment présent, entretenu par Marthe qui s'en était fait la vestale.

Sans doute parce qu'à travers eux la vieille dame pouvait revivre l'amour de sa jeunesse, qui lui avait été soustrait par la cruauté du destin. Ce sentiment qui avait illuminé toute sa vie et qu'il lui semblait revoir vivant dans le couple que formaient Georges et Rose.

Un couple illégitime, mais un couple vrai.

– Tu sais, avait-elle dit à Rose le matin de sa mort, quand on est très vieux et qu'on va mourir, on devient voyant...

– Oui, tante chérie.

– Tu veux savoir ce que je vois ?

Rose n'en était pas certaine, mais elle ne pouvait que souscrire à ses derniers désirs.

– Oui, dis-moi.

– Tu retrouveras ton Georges, je ne vois pas quand ni comment, mais je sais que cela va arriver.

L'agonisante avait tenté sans succès de se hisser sur les oreillers pour mieux assurer sa voix.

– Quand on s'aime d'un si grand amour, ça ne se termine pas... Jamais...

Puis elle avait fermé les yeux :

– Maintenant, je vais me reposer un peu.

En quelques heures, sans qu'elle eût rouvert les paupières, le repos était devenu éternel.

... Debout dans l'église, au premier rang, en tant que plus proche représentante de la famille de la défunte, Rose revit en pensée chacun de ces instants.

À côté d'elle, Daniel, Sophie, Patrick sont eux aussi absorbés dans leurs pensées.

Derrière, quelques personnes du bourg.

Pas grand monde, mais tous ceux qui se trouvent là sont sincèrement affectés. Le curé aussi, qui avait de l'amitié pour sa paroissienne, et ce qu'il dit va droit au cœur de chaque assistant : « Notre sœur Marthe a vécu dans l'amour ; l'amour pour tous était son souci et sa nourriture ; maintenant, elle peut être enfin complètement heureuse, elle est dans l'amour qui n'en finit jamais : l'amour de Dieu... »

« Moi aussi, se dit Rose, j'aurais besoin d'être dans l'amour de Dieu... »

Mais elle ne l'est pas – pas encore. Elle est dans l'amour d'un homme.

Soudain, elle a le sentiment d'une présence : et s'il était venu ? Si Georges – qui aimait tant Marthe – avait trouvé le moyen d'assister à son enterrement ? Il en était bien capable.

Rose pivote sur elle-même pour regarder qui se trouve au fond de l'église. Elle n'y voit que des servants de la cérémonie.

Daniel, surpris par son mouvement, se retourne également, n'aperçoit rien non plus, puisqu'il n'y a rien à voir.

– Que se passe-t-il ? chuchote-t-il.

Rose fait à nouveau face à l'autel.

– Rien, dit-elle. J'ai cru...

Elle ne sait comment terminer sa phrase, alors elle invente :

– Je me demandais s'ils pensaient à faire la quête... Marthe m'a priée d'être généreuse. Cette paroisse est bien pauvre.

– Ne t'inquiète pas, dit Daniel en lui étreignant le bras, j'ai préparé ce qu'il faut.

Cher Daniel...

– Je vais rester quelques jours ici, dit Rose à Daniel sitôt après l'enterrement. Le notaire a demandé à me voir. Et puis, il faut ranger la maison, la fermer. Mme Peyrenac m'aidera.

– Cela ne va pas te paraître triste, de dormir seule dans cette maison ? Tu ne préfères pas revenir plus tard, à Pâques par exemple ? Je pourrai alors t'accompagner...

Rose hoche la tête :

– Je te remercie, mais il y a des choses dont il vaut mieux s'occuper tout de suite. Ses vêtements, par exemple : les trier, donner ceux qui peuvent encore servir au Secours catholique, jeter le reste...

Jeter... Il semble à Rose qu'elle ne fait que cela, les premières heures. Nourriture, médicaments, quelques produits de beauté. Mme Peyrenac a accepté de prendre pour elle, voire de redistribuer certains articles : « Je soigne des vieux, cela pourra leur être utile... »

C'est en découvrant la prothèse – la jambe artificielle dont se servait Marthe depuis son amputation – que Rose a sa plus forte crise de larmes. La pensée la transperce : « Pourquoi donc les employés des pompes funèbres ne l'ont-ils pas mise dans le cercueil avec le corps ? » Cette pauvre chose faisait tellement partie de Marthe ! Puis Rose se souvient que la vieille dame l'avait ôtée et dissimulée derrière son lit, pendant sa maladie, comme elle faisait chaque soir en se couchant. Elle y était restée.

De toutes façons, il n'est pas dans nos rites d'enterrer les défunts avec leurs objets personnels. Une photo, ou une alliance. Ils partent parfois nus, parfois dans une robe de chambre ou un vêtement qu'ils aimaient bien.

Mettre à la décharge un objet qui faisait si intimement partie du corps de Marthe paraît impossible à Rose. Elle va l'envelopper dans du papier journal et la dissimuler dans le coin le plus reculé du grenier, là où les araignées tissent leurs toiles sur de vieilles cuvettes émaillées, des cadres dédorés, quelque antique grille-pain, entre autres indéfinissables vestiges. Datant de temps plus heureux ? Qui sait...

Chacun part avec ses secrets, ses chagrins, ses déceptions, ses amours.

« Le jour où je mourrai, se dit Rose en redescendant l'échelle peu pratique conduisant aux combles, que restera-t-il de Georges et de moi ? Nous ne nous sommes pas écrit, ou presque pas ; j'ai fini par tout déchirer, lui aussi, m'a-t-il dit... J'aurais dû lui demander une mèche de ses cheveux et la porter autour de mon cou dans un médaillon ! »

Elle l'aurait fait passer pour une mèche des cheveux des enfants, et personne ne se serait étonné. Elle aurait demandé à ce qu'on l'enterre avec son médaillon, et un lien matériel aurait ainsi subsisté entre elle et Georges par-delà la mort. Si elle vient à succomber aujourd'hui, il n'y aura rien... D'ailleurs, le saura-t-il, sera-t-il même averti de son décès ?

Le silence est retombé entre eux comme la lourde pierre qui couvre le caveau où l'on a déposé le cercueil de Marthe, près de celui de son frère Gaston et de ses parents...

Cette maison vous appartient, madame, lui dit le notaire qui s'est déplacé pour lui rendre visite et lui épargner d'aller jusqu'à son étude. Votre tante possédait également quelques économies, une assurance-vie ; tout est à votre nom et vous permettra de payer les droits de succession, élevés entre tante et nièce... Bien sûr, vous pouvez refuser la succession si vous ne désirez pas vous embarrasser d'un bien qu'il faudra entretenir, sans compter les quelques charges annuelles : impôts locaux, eau, électricité... Les maisons coûtent à leurs propriétaires, même quand ils ne les occupent pas. Je puis vous la vendre... Cela vous fera quelques liquidités pour autre chose...

– Non, maître, dit Rose. Je vous remercie de votre obligeance, mais je la garde... Je l'habiterai.

Marthe ne l'avait nullement prévenue qu'elle

lui laisserait la maison, et Rose ne lui avait rien demandé de ses intentions à ce sujet. Après tout, la vieille dame, jouissant de revenus modestes, aurait pu, sans rien en dire, vendre son bien en viager afin d'augmenter ses ressources.

– Je lui en avais parlé, précise le notaire. Au-delà de soixante-quinze ans, la rente annuelle en vaut la peine... Mais Mme Dellepoule n'a jamais voulu, elle vous la réservait.

– Elle ne m'avait rien dit, murmure Rose.

– Elle voulait vous laisser libre de votre décision... Ne pas vous obliger à accepter d'avance ce qui pouvait représenter pour vous une charge. Mais elle m'a confié une lettre à votre nom pour le cas où vous accepteriez la succession... Sinon, j'avais pour consigne de la détruire.

– Merci, maître, dit Rose en prenant la petite enveloppe bleue qu'elle n'ouvre pas tout de suite.

Elle souhaite être seule pour découvrir le dernier message de sa tante à son intention. Ne partager son émotion – qu'elle pressent – avec personne.

– Je vous attends donc à l'étude, madame, pour deux ou trois signatures. Je me chargerai des autres formalités.

Rose tient toujours l'enveloppe à la main lorsqu'elle raccompagne le notaire, un homme encore jeune et courtois, jusqu'à la grille de ce qui est devenu « sa » maison.

Quand elle revient sur ses pas, il lui semble que celle-ci lui sourit timidement.

« Comme si elle s'apprêtait à renaître avec moi », se dit Rose qui sourit à son tour en direction des vieux murs.

Ma petite fille...

C'est ce que tu as toujours été pour moi : ma fille. Mais je ne tenais pas trop à te le faire sentir, pour ne pas t'alourdir d'une responsabilité supplémentaire. Tu en as tant, déjà, avec ta famille !

Pourtant, avec moi, tu t'es conduite comme une vraie fille, et aujourd'hui encore ! Car si tu lis cette lettre, c'est que tu acceptes de te charger de ma petite maison. Je suppose que c'est en souvenir de moi. Aménage-la à ton goût. Jette tout, j'ai gardé bien trop de vieux papiers au grenier, des photos, des lettres et même le début du journal intime que j'avais commencé dans mon adolescence avant de rencontrer l'homme que j'aimerais.

Je la souhaitais si fort, cette rencontre qui devait transformer, illuminer ma vie, faire de moi une femme !... J'ai été exaucée : elle a eu lieu, oui, la rencontre avec l'homme qui était fait pour moi – je l'ai reconnu au premier coup d'œil. Et cela s'est terminé, tu le sais, par un drame. Le vide du deuil perpétuel.

Puisque Francis n'était plus là, je n'ai plus voulu de rien de ce qui s'appelle les plaisirs, pas même des voyages – et il n'avait pas eu le temps de me faire un autre enfant.

Est-ce une vie de femme qu'une vie de vieille fille ? Est-on utile à quelque chose, ne ferait-on pas mieux de mourir, soi aussi, en laissant aux autres le peu qu'on possède sur terre ?

C'est ce que j'ai lu si longtemps dans les yeux des autres : « Quittez les lieux ! Vous êtes inutile ! » Et si je n'avais pas été croyante, je pense que j'aurais suivi leur recommandation : laisser ma place aux suivants...

Et puis il y a eu des choses, parfois de très petites choses qui m'ont retenue... Je ne vais pas te parler du premier rayon de soleil du matin, il faut déjà être bien avec soi-même pour s'en réjouir, comme de la compagnie des oiseaux. Ces bonheurs-là me sont arrivés bien plus tard.

Le premier de tous, ce fut toi, ma filleule aimée !

Toi aussi, je t'ai vu t'ouvrir lorsque tu as rencontré Daniel, si capable, si régulier, et tu t'es épanouie encore plus à la naissance de chacun de tes enfants.

Mais je peux te le dire maintenant : je me faisais du souci pour toi, car je ne te sentais pas heureuse. Tu l'as été seulement après ta rencontre avec Georges. À ton retour du parc, ce jour-là, j'ai vu que tu étais devenue une autre femme. Ou plutôt, que la femme en toi venait enfin de se trouver. Avec toutes ses capacités de joie, de don d'elle-même.

Ce n'est pas juste ? Il aurait mieux valu que

cela se passe avec ton mari ? Peut-être... Mais qu'y peut-on ?

Et c'est de cela que je voudrais te parler, ma fille chérie, avant que la fatigue ne paralyse ma main. De ce qu'on peut faire lorsqu'on rencontre le grand amour. Ce n'est pas donné à tout le monde ; toutefois, cela m'est arrivé, à moi, la tante Marthe, sur laquelle personne ne se pose de questions...

Si tu sais l'accepter, ce grand amour, cela te donne de la joie pour toute la vie. Oui, Rose, j'ai vécu dans la joie et, quand je vais partir, bientôt, ce sera aussi dans la joie. Celle d'être née et d'avoir vécu.

Tu me diras : « Mais comment as-tu fait pour être dans la joie, puisque tu ne vivais pas ton amour ? »

C'est le mystère. Je pense qu'avoir connu le grand amour, c'est comme d'avoir rencontré Dieu, tu ne vois plus le monde, la vie ni la fin de la vie de la même façon. Tout te paraît provisoire, et dans chaque journée tu ne prends que le meilleur, le petit miracle, ce qui te parle de « lui », de ton amour.

Le vert des arbres me parlait de lui, le sourire des enfants, le son des cloches...

Ne crois pas pour autant que je sois devenue une sainte, j'ai plutôt la dent dure, tu le sais ; je peux m'emporter contre les imbéciles, et je n'y manque pas ! Mais chacune de mes journées s'est écoulée dans une sorte de lumière qui venait d'en haut...

Bien sûr, j'aurais préféré vivre longtemps avec

Francis, et je souhaite que tu puisses un jour vivre avec ton Georges.

Vous avez eu – comme moi avec mon Francis – quelques jours d'amour total. En partie grâce à cette vieille maison, et je devine que c'est la raison pour laquelle tu la gardes... Tu entends conserver le nid, à défaut de l'oiseau !

Mais qui sait ce que la vie vous réserve ? Elle est longue, et tant que la mort n'est pas venue la clore, attendons... Il va falloir que j'achève cette lettre...

Ce que j'avais à te dire est simple, et j'aurais pu me contenter de quelques mots : sois heureuse, ma chérie, tu as tout ce qu'il faut pour y parvenir, puisque tu as l'amour, le vrai, le grand. Si tu n'y arrives pas, parce que l'absence te paraît par trop cruelle, alors entre dans la joie ! Si j'étais moins fatiguée, je t'expliquerais comment on y parvient jour après jour, année après année, mais il vaut peut-être mieux que tu le découvres par toi-même...

Bonsoir, mon enfant, tu n'as pas besoin de fermer les volets de la cuisine, la porte se verrouille bien et personne ne peut entrer par là. Mais si tu comptes faire des séjours prolongés, prends ton chien, ton brave Léman : vous vous garderez mutuellement, comme mon cher Brunet m'a longtemps protégée.

Ta tante Marthe qui t'aime tant.

P.-S. – Merci encore de la part de la maison, et de la mienne...

La jeune fille enveloppe sa mère d'un regard courroucé.

– Puisque c'est comme ça, je préfère ne pas sortir.

Elle se jette sur un fauteuil, ses fines jambes écartées dans ses chaussures en plastique blanc à très hauts talons, les bras croisés, ses cheveux auburn épars sur ses épaules.

À seize ans, avec plus d'un mètre soixante-dix, elle a l'air d'une fille adulte, en tout cas majeure. Mais Sophie ne l'est pas.

Et c'est le motif de leur conflit.

Rose lui demande de rentrer avant minuit, telle Cendrillon, et la petite en crache de fureur :

– Ça commence justement à cette heure-là... Au début, c'est juste pour se mettre en train ! D'ailleurs, tout le monde n'est pas encore arrivé, il n'y a que les mômes...

« Et toi, qu'est-ce que tu es ? » a envie de rétorquer Rose, mais impossible de lui faire entendre ce qui est en jeu : qu'à seize ans, elle a l'air d'en avoir plus et que là est le danger.

Sophie est invitée par des jeunes gens plus âgés, les frères d'une amie, à l'une de ces « parties » – faut-il dire boom, sauterie ? – auxquelles viennent sur le tard se mêler des adultes. Sous prétexte de chercher leurs filles, ou même sans alibi. Juste pour frôler ces beautés jeunes et fraîches qui, de nos jours, ont le bon goût de ne plus avoir l'air d'oies blanches. Mais qui restent candides, même si elles sortent désormais sans chaperon.

C'est aussi la raison pour laquelle elles ne savent pas se défendre, ni dire « non » lorsqu'on leur propose un petit tour en voiture, ou un dernier verre dans un bar où le disc-jockey est « sublime ». Elles souhaitent camoufler leur inexpérience. Laisser croire qu'elles ont l'habitude d'être assaillies, qu'elles sont déjà des grandes, puisqu'elles en ont (presque) l'air.

Ce qui ne veut pas dire qu'on les viole à chaque fois, mais cela peut arriver. Elles sont en tout cas l'objet de violences subtiles, entraînées dans des « jeux » auxquels elles ont l'air de consentir d'autant plus facilement qu'elles ont un peu bu.

Rose le sait, même si, de son temps, cela ne se passait pas de la sorte. Si les barrières entre les générations restaient infranchissables. Un type de trente ans n'intéressait guère ses amies ni elle-même...

Aujourd'hui, les quinquagénaires épousent

des moins de vingt ans. Que se passe-t-il entre eux ? Avant ? Après ?

– Ce que tu es vieux-jeu, Maman ! On se marre, c'est tout... On n'en fait pas une histoire ! C'est différent d'avec ton temps...

– Pas le viol !

Le mot cueille Sophie à froid, elle rejette en arrière sa longue mèche auburn et fixe sa mère d'un regard égaré.

Rose reprend sur un ton plus doux :

– Tu as vu tous ces attentats sur des fillettes, suivis de meurtres ? Tu vas me dire qu'elles étaient toutes petites, incapables de se défendre... N'empêche que, chaque fois, les violeurs ont déclaré : « J'ai été provoqué ! » Et cela se passe surtout l'été, quand les parents trouvent amusants de déguiser leurs bouts de chou en starlettes ! Les jupettes au ras des fesses...

Instinctivement, Sophie tire sur la sienne, qui ne rallonge pas pour autant.

– Je ne tiens pas à te faire peur, ma chérie, mais à t'aider à prendre conscience de ce qui mène nos sociétés. Tout le monde n'est pas bon et gentil, tu le sais bien, et, là où tu vas, tu ne connais pas les trois quarts des gens... Or, du moment que tu t'y trouves, c'est comme si tu acceptais d'avance ce qui peut s'y produire...

– Je ne bois pas, et puis...

– Tu ne te drogues pas, je sais, mais eux, le savent-ils ? On a l'air tellement bête quand on ne fait pas comme les autres, et tu n'as aucune envie d'avoir l'air bête, je te connais...

– On va danser, c'est tout ! Je suis avec Eugène, Maryse et Pierre.

– Dansez, mais ne rentrez pas tard. Quittez les lieux avant que la mauvaise fête ne commence, c'est tout ce que je te demande... Tu comprends ?

Sophie hoche la tête. Sa mère lui a fait entrevoir les raisons qui la poussent à aller parader devant un public au-delà de son âge : en fait, elle a envie de savoir ce qu'elle vaut, si elle est aussi jolie et séduisante que semble le lui affirmer son miroir.

Le plus convaincant des miroirs, c'est le regard d'autrui. Se montrer à des hommes qui en ont vu d'autres, depuis des années qu'ils naviguent, et qui peuvent donc comparer, juger, qui leur apparaissent comme des « experts », est une tentation pour une « débutante ».

Sinon, qui lui apprendra qui elle est ?

– Si ton père était là, il te dirait la même chose que moi. Tu n'aurais peut-être même pas le droit d'y aller du tout...

– Papa croit toujours qu'on va m'enlever !

– Et toi, Sophie, qu'est-ce que tu crois ? Qu'est-ce que tu souhaites ?

– Ben, rien, m'amuser...

– Je vais te dire ce que tu désires : être aimée ! Par un garçon qui en vaut la peine... Alors, réserve-toi, grandis, apprends à juger. Et un jour...

Rose s'arrête brusquement : est-elle en droit de dispenser des leçons de morale ?

Si elle n'a pas eu une conduite vraiment

« légère », une aventure comme la sienne n'est-elle pas pire ? N'eût-il pas mieux valu qu'elle se livre à quelque débauche quand elle avait l'âge de Sophie, pour se dégourdir, se dégoûter éventuellement des hommes, afin de demeurer ultérieurement tranquille ?

Ce qu'on appelle fidèle ? Rassasiée. Loin de l'amour violent, cruel.

Elle porte la main à son cœur, qui s'est contracté.

– Ça va, Maman ?

– Oui, ne t'en fais pas. Juste mes palpitations, c'est déjà passé. Sors, je t'attendrai, et tu me raconteras.

Savoir qu'on pourra partager avec des mots ce qu'on a vu, ressenti, fait qu'on prend déjà de la distance. C'est tout ce que Rose peut souhaiter à sa fille : qu'elle voie les choses de plus loin, de plus haut, afin de moins souffrir.

Elle-même est là pour l'y aider. Sans plus.

Rose retourne la lettre non signée entre ses doigts, en quête de quelque indice qui lui en préciserait la provenance.

> « *C'est une amie qui vous écrit. Vous êtes trop confiante, trop bonne, et il faut bien que quelqu'un vous ouvre les yeux. Voilà : votre mari vous trompe ! Il profite de ses voyages d'affaires pour mener des aventures amoureuses, et c'est souvent qu'il demande deux billets au lieu d'un lorsqu'il part pour certaines destinations. On le sait à l'entreprise, et cela nous indigne : vous êtes une épouse si convenable ! Vous ne méritez pas d'être cocue ! Les hommes sont tous des salauds !*
>
> *Une personne qui vous veut du bien.* »

Le papier à lettres ressemble à celui qu'on distribue aux employés des entreprises : blanc, d'un grammage léger ; aucune inscription en filigrane... L'enveloppe aussi est usuelle. Mais qu'est-ce que ça changerait que Rose sache qui est le scripteur – ou la scriptrice – d'un pareil message ?

Qu'il contienne vérité ou mensonge ne lui importe guère, se dit-elle en repliant la lettre pour la remettre dans l'enveloppe, déchirer le tout en petits morceaux qu'elle noie dans la cuvette des cabinets. Ce qu'elle regrette, c'est de ne pas pouvoir dire à la correspondante – laquelle doit se réjouir du mal qu'elle escompte lui faire : « Mon mari a le droit de me tromper, car je le trompe plus encore, et sûrement depuis plus longtemps... »

Oui, c'est ce que Rose aimerait assener à cette personne, et clamer à la face du monde entier !

Elle sait toutefois qu'elle n'en fera rien, pas plus aujourd'hui qu'hier, à cause des enfants et de Daniel. Elle ne parlera pas non plus de la lettre. Elle va se comporter comme si elle ne l'avait jamais reçue.

S'habiller, se préparer pour aller à la bibliothèque. Elle mangera sur le pouce avec une collègue. Le soir, sur le chemin du retour, elle s'occupera des quelques courses nécessaires au dîner familial.

Rien de passionnant, pourrait-on penser en la voyant agir.

Or, pendant tout ce temps-là, Rose rêve, imagine, revit certains souvenirs, recrée sa vie telle qu'elle la voudrait. Plus ses journées sont identiques les unes aux autres, plus elle se sent libre, du moins dans sa tête.

C'est en cela qu'elle trompe Daniel à toute heure. S'en est-il aperçu ? Est-ce la raison pour laquelle il s'autorise quelques aventures ? Ou est-ce le démon de midi qui l'a saisi ?

Après tout, il marche sur ses cinquante ans, et s'il n'a pas déserté le lit conjugal, il s'y ennuie sans doute tout autant qu'elle.

Rose n'arrive pas à s'indigner, elle est triste, tout au plus.

Mal à l'aise à l'idée que des gens se permettent d'épier leur vie de couple pour y faire ingérence.

Car elle a beau faire, même si elle ne se sent pas blessée par la révélation, quelque chose en elle s'en trouve modifié.

Jusque-là, elle pouvait se dire – à tort, à raison – que son amour pour Georges n'avait nullement affecté sa vie de famille. Daniel et les enfants n'ayant rien su de sa liaison, elle-même ayant assumé sans broncher son rôle d'épouse et de mère, tout était bien. Elle n'avait pas « fauté ».

Ou, si elle l'avait fait, elle était la seule à en avoir souffert.

Au contraire, elle s'était peut-être montrée plus attentive, plus présente, n'ayant rien à revendiquer, puisque ce qu'elle pouvait véritablement désirer était hors de sa portée. Puisqu'elle y avait renoncé.

Elle était une femme « parfaite », comme il arrivait à Daniel de le proclamer lorsqu'ils étaient entre amis : « J'ai la chance d'avoir une femme parfaite ! » Déclaration suivie par un silence, comme si chacun se retournait sur son propre couple en se demandant s'il pouvait en dire autant.

Ou alors – Rose le percevait au point d'en être gênée – pour s'interroger sur ce que cette surface lisse pouvait bien cacher !

Nul n'est parfait. Si on en donne l'apparence, c'est qu'on doit avoir quelque énorme péché, sinon un crime à dissimuler... Pour son compte, c'était vrai, et elle avait fini par demander à Daniel de cesser de la complimenter ainsi devant tout le monde.

– Mais où est le problème ?

– Tu mets les autres mal à l'aise...

– C'est fait exprès, pour qu'ils soient jaloux.

– Écoute, Daniel, je ne suis pas une voiture ni un bien immobilier, tu n'as pas à te vanter de...

Elle avait failli dire : « de m'avoir ».

Mais l'avait-il ?

Daniel avait perçu son hésitation :

– C'est parce que je ne te possède pas vraiment que je parle ainsi, pour me rappeler quelle chance j'ai de vivre avec toi ! Car c'est une chance... Tu en es d'accord ?

– C'est une chance pour tous les deux, avait conclu Rose.

Elle le pensait.

Mais maintenant, ont-ils toujours la même chance ?

Si Daniel se « paie » des aventures, leur mariage ne va-t-il pas s'effriter, miné de l'intérieur ?

Soudain, elle comprend pourquoi cela lui ferait si peu de peine d'être « cocue », comme le dit vulgairement la missive : alors elle serait libre !

Libre de rejoindre Georges sans que cela vienne de son fait.

Sans s'en apercevoir, sans se l'avouer, elle n'aurait donc jamais cessé d'espérer revoir cet homme ? D'attendre le bienheureux moment où ils pourraient à nouveau se retrouver ? Cette fois pour toujours ?

L'auteur de la lettre anonyme, de ce misérable chiffon de papier annoncerait-il sans s'en douter sa prochaine libération ?

Comme il arrive dans les histoires des temps anciens que Rose aime à lire, quand un messager déguisé en mendiant dit à un enfant du commun : « Toi, tu seras roi ! »

Et cela devient vrai.

Allongée contre Daniel sous les draps fleuris du lit conjugal, Rose repense à la lettre anonyme. Ce ne peut être que pour le sexe que son époux entretiendrait des relations avec d'autres femmes ; sur le plan sentimental, ils forment un couple uni.

« Il me confie toutes ses pensées ! »

Le désir est-il une pensée ?

Lorsque Daniel s'approche d'elle – plus rarement qu'autrefois – pour la convier à l'amour, Rose fait le vide dans sa tête.

Il est plus rare qu'elle jouisse, mais cela lui arrive encore, dans un bien-être soudain.

Sa participation à leur étreinte consiste à ne pas penser à Georges dans ces moments-là.

Daniel se conduit-il de même avec d'autres femmes ? S'il est vrai qu'il en rencontre, s'astreint-il alors à ne pas penser à elle ?

Ses lunettes sur le nez, il est plongé dans l'un de ces copieux ouvrages qui lui servent à s'endormir et qui séjournent des mois sur la table de nuit.

Rose a envie de lui demander tout à trac :

« As-tu d'autres femmes ? » Doit-elle dire : « maîtresses » ?

Que se passera-t-il s'il répond « oui » ?

La seule chose qui pourrait changer leur vie serait qu'il tombe amoureux, lui propose de divorcer. Mais peut-être en a-t-il envie et n'ose-t-il pas lui en parler ?

C'est de cela qu'ils doivent parler.

– Tu sais...

Un temps. Sans doute termine-t-il sa page avant de s'intéresser à ce qu'elle peut avoir à lui dire.

– Oui ?

– Si tu avais envie...

Rose se sent ridicule, mais, puisqu'elle a commencé, elle plonge :

– ... de me quitter, je veux dire de recommencer ta vie avec quelqu'un d'autre... Alors il faudrait me le dire !

Daniel referme son livre, ôte ses lunettes, pose le tout sur la table de nuit, se tourne vers elle.

– Toi aussi...

Rose est sous le choc. Que sait-il ? Aurait-il deviné ? Depuis quand ?

Daniel poursuit :

– Rien n'est pire, à mon sens, que de continuer à vivre avec quelqu'un qu'on n'aime plus, tout en pensant à quelqu'un d'autre. Cela pourrit des deux côtés...

Est-ce une façon de lui dire qu'elle est pourrie ?

Une subite colère s'empare de Rose : après avoir sacrifié son amour à leur couple, elle ne se sent en rien coupable – généreuse, au contraire. L'indignation lui fait lâcher le morceau :

– J'ai reçu une lettre anonyme. On m'apprend que tu as une maîtresse...

Daniel se met à ricaner :

– Une seule lettre, et une seule maîtresse ? Cela manque d'opulence...

Puis il redevient sérieux, se redresse sur un coude, se tourne vers Rose, la tête sur son oreiller.

– Si c'est le cas, je n'y vois pas motif à en faire un drame. C'est avec toi que je vis, et c'est toi que j'aime... Évidemment, si cette idée te gêne – et il doit en être ainsi, puisque tu m'en parles –, c'est à toi d'agir.

Daniel s'allonge à nouveau, repose lui aussi sa tête sur son oreiller. Ils sont comme deux gisants, les yeux tournés vers le plafond, se parlant sans se toucher.

– Tu peux me quitter si tu veux, je ne te retiendrai pas. Mais moi, de mon côté, je n'en ferai rien. Pas le premier...

Le cœur de Rose se met à battre si vite dans sa poitrine qu'elle se dit que Daniel doit l'entendre. Puis la pensée la submerge : l'occasion lui est donnée, par Daniel lui-même, de reprendre sa liberté. Oui, c'est à elle d'agir.

– Écoute...

– Vas-y.

– J'ai envie de partir... Je vais avoir cinquante ans, j'ai besoin de faire le point, tu comprends, de savoir où j'en suis, de me trouver...

– Quand pars-tu ?

– Le plus tôt sera le mieux.

– Puis-je savoir où tu comptes aller ?

– Dans la maison de Marthe... Dans *ma* maison.

Daniel tend le bras pour éteindre la lampe de son côté, se glisse dans les draps tout en lui tournant le dos.

– Puisque c'est ton désir... Bonsoir.

Rose éteint à son tour sa lampe de chevet et reste les yeux ouverts dans le noir. Peut-on appeler ce qui vient de se produire une scène de ménage ?

D'où vient que Daniel n'ait pas protesté ?

Comme s'il ne souffrait pas de la voir partir.

Peut-être, de son côté, a-t-il besoin de respirer ?

Après tout, les enfants sont grands, Sophie va bientôt s'installer dans un studio, Patrick organise seul ses emplois du temps. Leurs parents sont présents, mais plus vraiment nécessaires.

Une séparation, parfois, c'est comme la mort, elle se prépare en secret dans le tréfonds de ce qui unissait un couple. Il suffit d'une légère secousse pour que les deux morceaux qui semblaient ne faire qu'un reprennent leur individualité. La scission, qu'on pouvait penser meurtrière, se fait sans éclats : sur quelques mots vite échangés, Rose a la surprise – mâtinée d'un rien de déception : c'était donc si peu de chose, son mariage ? – de se retrouver sans entraves.

Libre.

Rose a dit aux enfants qu'elle partait se reposer en Limousin, que le printemps arrivait, qu'elle comptait faire de longues marches, en particulier sur le plateau de Millevaches où les genêts sont en fleur à cette époque.

Ils n'ont pas semblé étonnés ni paru soupçonner quoi que ce soit de définitif. « Tu diras bonjour aux vaches de ma part », s'est bornée à commenter Sophie sans ajouter, comme lorsqu'elle était plus jeune : « Je ne pourrais pas venir au moment des petites vacances ? » Ils ont désormais leurs amis, leurs occupations, leurs plaisirs, et trouvent tout naturel que leurs parents aient les leurs.

Cela les soulage, même, de les savoir à leurs affaires, la culpabilité n'étant jamais bien loin, et ils ont l'expérience, dans leur entourage, de pères et de mères qui pèsent parfois trop lourdement sur leur progéniture. Eux ont cette chance : leur père comme leur mère ne leur demandent pas de leur servir de soutiens pour meubler leurs manques ou leur solitude.

Est-ce pour cela qu'ils l'ont tous deux

embrassée avec autant d'affection au moment de son départ, un dimanche, alors que le taxi attendait en bas de la maison ?

Les adieux ont eu lieu devant Daniel qui, l'air sombre, ne disait rien et n'a pas proposé de l'accompagner jusqu'à la gare. Prétexte à cette indifférence, vis-à-vis des enfants : il avait rendez-vous pour une partie de golf dans les environs de Paris et était déjà en retard.

C'est d'une cabine de la gare d'Austerlitz que Rose tente de joindre Georges, d'abord au numéro de sa ligne privée, qu'elle connaît par cœur, puis, comme cela ne répond pas, à celui de son appartement parisien, trouvé dans l'annuaire.

Tant pis si elle tombe sur Lise ! Elle a trop besoin de lui apprendre qu'elle est enfin libre.

Que se passera-t-il ? Elle compte sur Georges pour prendre les décisions, quelles qu'elles soient.

Le second numéro ne répond pas davantage que le premier. Il est vrai qu'on est dimanche et que les gens partent en week-end. Elle rappellera ce soir, depuis la maison, ou bien lundi matin.

Dans le train, Rose regarde par la fenêtre avec avidité, comme si elle ne se souvenait pas de ces paysages pourtant familiers : les vastes plaines de Beauce, puis les vallonnements annonciateurs du centre de la France ! Le nom des gares aussi l'émeut ; elle a pris le premier train en partance, qui n'est pas un express : Orléans, Châteauroux, La Souterraine... Elle attendait ces stations avec tant d'impatience, lorsqu'elle allait passer avec Marthe des vacances qui seraient occupées à la lecture et à la dévoration de tartines de pain bis garnies de confitures de mûres...

Elle en fera, quand viendra la saison ; Georges aimera leur goût acide et sauvage. Où vivront-ils ? Pour elle, cela n'a pas d'importance, toutes les villes de France lui seront bonnes du moment qu'elle sera avec lui. N'importe quel quartier de Paris, aussi bien...

La joue contre l'accotoir, Rose s'est mise à rêver à leur installation future. Il leur faudra des meubles. Il y en a bien quelques-uns dans le grenier de Marthe, de ces meubles noirs incrustés de nacre qu'on fabriquait sous le Second Empire et qui ont passé de mode. Cela peut être joli sur un mur blanc ; elle demandera son avis à Georges.

Georges, où est-il ?...

Rose est étonnée d'entendre le haut-parleur annoncer la gare des Bénédictins.

Après dix jours de recherches, de questionnements, d'appels ici et là, Rose découvre enfin ce qu'est devenu Georges : il est parti s'installer aux États-Unis, à Seattle, avec sa femme. Flore, désormais une jeune fille, est restée à Paris où elle poursuit avec succès des études de médecine. C'est une secrétaire de l'entreprise où travaillait Georges, Mlle Vrain, qui a fini par la renseigner.

Est-ce la voix de Rose au téléphone qui l'a mise en confiance, ou les arguments qu'elle a trouvés – un objet à lui remettre de la part d'une vieille dame décédée qui l'avait laissé à son nom –, mais cette femme lui a même fait part de ses commentaires :

– Nous aimions beaucoup M. Hauvers et son départ nous a attristés. En confidence, je crois que sa femme ne va pas très bien et qu'il y a là-bas des médecins qui ont mis au point des traitements nouveaux. Il voulait essayer... Et puis, leur fille était suffisamment grande pour se débrouiller seule, elle a un oncle du côté de sa mère, des cousins... Vous avez un crayon ? Je vais vous donner son adresse et son numéro de téléphone à Seattle. Le mieux est que vous l'appeliez directement. Je crois l'avoir entendu parler de cette vieille dame qu'il a connue lorsqu'il était allé près de Limoges faire un rapport sur un parc. Je me rappelle même l'avoir tapé à l'intention du ministère de l'Environnement... Vous savez ce que c'est devenu ?

– Une association a été créée et le parc est en voie d'aménagement, a répondu Rose.

Cela au moins s'était arrangé.

L'adresse est composée d'une ribambelle de chiffres, comme souvent aux États-Unis, et le numéro de téléphone en comporte lui aussi beaucoup.

Une fois l'appareil raccroché, Rose demeure sans bouger devant ces séries de chiffres qui ont l'air de matricules. Quelle heure est-il là-bas ? Probablement l'aube, puisqu'il est trois heures de l'après-midi en France.

Elle n'a qu'à tapoter sur le cadran et elle entendra sa voix. La voix de Georges. Et elle lui dira...

Quoi, que lui dira-t-elle ?

« Pourquoi m'as-tu abandonnée ? »

Rose le sait : ce n'est pas parce qu'il est parti aux États-Unis qu'il ne pense plus à elle. N'empêche qu'elle a froid et peur. Il lui semble qu'elle ne supporterait pas le moindre accent de surprise dans son ton : « Oui, allô, qui m'appelle ? » Il n'est même pas exclu qu'il s'exprime en anglais : « *Who's calling ?* » Sous-entendu : si tard. Ou si tôt...

Le cœur de Rose tombera en mille morceaux au milieu de la petite maison du Vigen où Marthe n'est plus là pour la consoler.

C'est la première fois que Rose prend conscience de son âge par rapport à Georges : elle a presque cinquante ans et elle a passé sa vie dans les livres. À les classer, les parcourir, s'en gorger.

Qu'est-elle devenue ? Une femme de province, comme l'était Marthe.

Georges, lui, a dû évoluer ; il est aux États-Unis où il travaille dans une industrie de pointe, à ce que lui a dit la secrétaire. Que ferait-il d'une femme comme elle ? Qu'a-t-elle désormais à lui apporter ?

Son amour, bien sûr. Mais Georges a dû apprendre à se passer de son amour. La preuve : il a trouvé en lui l'énergie de quitter la France – de s'éloigner d'elle !

Voilà le nœud de sa souffrance : Georges a mis des milliers de kilomètres entre eux deux sans la prévenir.

S'il l'aimait comme elle l'aime, il ne serait jamais parti, il serait resté là où elle savait qu'il résidait, comme elle-même est demeurée chez elle.

Un rire de dérision lui échappe lorsqu'elle songe à ces trois dernières années – cela fait trois ans qu'il a quitté la France, lui a précisé Mlle Vrain – où elle se sentait si émue chaque fois qu'elle approchait de sa rue ! Comme si elle risquait de le rencontrer... Émue aussi de contempler des maisons, des magasins sur lesquels il devait poser son regard tous les jours.

Elle communiquait, communiait avec lui par la force de sa passion – et c'était faux ! Du vent ! Un délire d'amoureuse !

Georges est parti. Il l'a désertée sans un mot.

Rose saisit le petit bout de papier sur lequel elle a noté les numéros et doucement, sans colère mais avec détermination, le déchire pour en jeter les morceaux dans la cheminée où brûle un feu de châtaignier, du bois d'ici qui fait des étincelles, chauffe peu mais sent bon.

Puis elle reste longtemps rêveuse à regarder se consumer les bûches qui deviendront tisons et finiront par s'éteindre comme les dernières braises de son amour.

Rose se lève de plus en plus tôt. « C'est le signe que je vieillis. Tante Marthe aussi se levait dès l'aube. Elle prétendait qu'elle ne dormait plus aussi profondément, que le premier oiseau la réveillait et qu'elle avait des fourmis dans les jambes. Qu'il lui fallait quitter le lit, préparer le café. C'est ce que je fais à mon tour... »

Ses mains également s'activent, retrouvant les gestes de Marthe, pour installer les torchons sur la barre en cuivre de la vieille cuisinière, s'emparer du sécateur dès que la vigne vierge exagère, et voilà même qu'elle parle toute seule sous prétexte de s'adresser au chien, à un oiseau, une plante, un meuble, ou de commenter le temps qu'il fait...

En elle une voix proteste : « Tu te fais plus vieille que tu n'es... » C'est vrai que Rose n'a pas l'âge ni le désir de s'enterrer vivante.

La vérité, c'est qu'elle a mal.

Ç'aurait dû être à Georges de garder le contact, pense-t-elle. C'est bien beau d'être absolu, mais là, c'est trop. Il l'a mise dans une situation...

Maintenant, il ne lui reste qu'à lui courir après ! Prendre un avion pour les États-Unis, débarquer à Seattle, téléphoner ou sonner à sa porte. Il viendra ouvrir. C'est ainsi, aux États-Unis, elle l'a vu dans les films : les gens ouvrent leur porte au moindre appel, parfois les femmes sont en bigoudis, les hommes torse nu, une serviette sur l'épaule, juste sortis de la douche... « C'est pour quoi, madame ? – C'est pour l'amour, monsieur... – C'est que j'ai déjà donné ! – Oui, mais il y a un reliquat... »

Quand Rose touche le fond de l'ironie, elle éclate alors en sanglots, monte au premier, se couche en travers du lit, attend que la crise passe.

Et Marthe qui lui disait : « Tu verras, avec le temps, l'absence du bien-aimé se transforme en joie ! »

Rose se refuse à y croire. Il lui semble que si elle acceptait que sa vie avec Georges s'arrête là, le mauvais sort serait le gagnant ! Celui qui les a séparés et auquel ils ont obéi comme des moutons, sans vraiment se débattre...

À tout prendre, ils auraient mieux fait de mourir ensemble, de précipiter la voiture contre un arbre en rentrant de Limoges, la première fois.

Il suffit qu'elle les évoque pour que les instants de leur rencontre réapparaissent si lumineux, si pleins. Et, d'un seul coup, c'est vrai, la joie survient !

Marthe aurait donc raison : avoir rencontré

l'être que l'on peut aimer jusqu'au bout de soi-même et par-dessus la vie serait un privilège, peut-être le plus complet de tous ?

En fait, elle n'a rien à reprocher à Georges : il ne pouvait pas savoir qu'elle aurait un jour le moyen de se libérer.

Il est parti parce qu'il le fallait, peut-être pour sa situation. Ou alors parce qu'il était infiniment malheureux, trop malheureux d'être séparé d'elle. Comme elle de lui, mais les femmes sont plus résistantes au désespoir, c'est bien connu. Elles demeurent plantées là à souffrir ce qu'il y a à souffrir, alors que les hommes se défilent, vont voir ailleurs si le ciel est plus bleu...

Comme son foulard !

Rose est en train de jouer avec. Elle ne sait pourquoi ni comment, mais ce bout de tissu ne l'a jamais quittée. Il ne s'est pas perdu non plus, alors que tant de choses, grandes ou petites, disparaissent mystérieusement au cours d'une vie. Parfois sans qu'on s'en aperçoive ni s'en préoccupe.

Une fois, elle a fait une scène épouvantable à son propos. Sophie s'était lavé les cheveux et appliqué un produit pour les colorer, puis elle avait enveloppé sa tête dans le foulard bleu ! Sans doute, la tête mouillée, les yeux mi-clos, avait-elle ouvert à tâtons l'armoire et saisi le premier linge qui se présentait.

C'était le foulard !

Pâle de rage, Rose le lui avait littéralement arraché de la tête :

– Ça, c'est à moi !...

– Mais Maman, c'est juste pour que mon rinçage ne dégouline pas partout.

– Tu me l'abîmes !

– Mais je te le nettoierai après... Tout de suite, si tu veux...

– Non, pas toi !

Rose avait pris une lessive liquide pour lavage fin, elle y avait plongé le foulard qui s'était bien remis de ses taches, puis elle l'avait mis à sécher dans sa chambre, près du radiateur.

Quand Sophie, la tête enveloppée dans une serviette-éponge, était venue vérifier si son étrange crise lui était passée, Rose lui avait jeté : « N'y touche jamais plus ! »

Sans explication.

Personne, pas même les êtres les plus proches de son cœur, n'avait le droit d'effleurer son amour pour Georges. Ou ce qui le symbolisait.

Georges et elle, c'était sacré.

Sans qu'elle s'en aperçoive, une sorte de paix s'empare de Rose. Elle parle plus volontiers avec sa voisine quand celle-ci sort sur le pas de sa porte ; elle va jusqu'à entrer dans son jardin admirer ses roses. Elle allonge ses promenades dans les environs en compagnie de Léman, qui se fait vieux.

Rose s'en inquiète : si un jour... Puis elle se dit que le chien ne semble pas malheureux de son état valétudinaire ; il se contente de faire des siestes rapprochées, mange plus, et le passage d'un chat sur la crête du mur ne le met plus en transes. Il lance un aboiement étouffé, puis la regarde, si elle se trouve dans les parages, d'un œil qui semble dire : « Après tout, les chats ont bien le droit de vivre, eux aussi... »

La vie continue partout, constate Rose, et même se renouvelle. Le vieux noyer a donné des signes de défaillance, une branche s'est brisée et le jardinier lui a conseillé de l'abattre :

– Il n'a plus son équilibre ; au prochain

orage, il tombera et vous abîmera le cèdre, peut-être même la toiture de l'appentis.

– Allez-y, a accepté Rose, remplaçons-le par un pommier.

– Vous avez raison, il poussera moins haut et vous n'aurez pas d'ennuis.

– Mais peut-être des pommes ! Je voudrais des reinettes grises.

– Ça se fait rare, mais je vous en trouverai un plant.

La mort, le trou que la mort fait dans la vie, a donné place à une autre vie, ce qui a rassuré Rose.

Vieillir est peut-être possible ?

Elle s'est longuement regardée dans la glace de l'armoire du premier. D'abord le visage, en chaussant ses lunettes – elle devient presbyte –, puis, de plus loin, toute nue, le corps. L'examen a été rude, et Rose a compris ce qu'elle ne voulait pas s'avouer jusque-là : si elle n'était pas partie sur-le-champ retrouver Georges, c'est qu'elle se trouvait un peu défraîchie. Cette constatation, qu'elles font toutes un jour ou l'autre, rend les femmes pudiques. (Sauf certaines qui deviennent d'autant plus lubriques, mais ce n'est assurément pas son cas !)

Avec le temps, la peau perd ce fin maillage élastique qui lui permet de se resserrer à nouveau lorsqu'elle est déformée par une grossesse, par exemple, mais aussi à l'occasion d'un geste. Distendu, l'épiderme ne reprend plus sa place. Il se fripe, tombe. Le premier avertissement apparaît au cou (ah, ces molles avalanches de chair en colliers !), puis sous le bras : on le constate en l'allongeant, quelque chose flotte alors comme un chiffon dans le vent... C'est de la peau en trop !

Entre les cuisses aussi, elle devient « lâche ». Il y a du « mou », comme disent les couturières, lesquelles, avec quelques épingles et une aiguille, savent retendre. Mais la peau, même si elle en a l'apparence, n'est pas du tissu...

Rose comprend la frénésie qui pousse certaines femmes à se précipiter alors chez les chirurgiens esthétiques : « Remontez-moi ça, docteur, je ne supporte plus de le voir. Ah, et là aussi, puisque que vous y êtes. Ces petits plis, je trouve ça horrible ! »

Sous-entendu : c'est sur moi, mais ce n'est pas moi !

Elles en ont des rires de gorge, dans une bizarre complicité avec l'homme au scalpel, lequel – par intérêt, bien sûr, mais aussi par goût – les encourage dans leur... faut-il dire : délire ? Il en arrive à proposer des « retouches » un peu partout : sous les bras, justement, aux seins, bien sûr, au ventre, aux fesses, au front, sous le menton et même, cela s'est vu, à la peau des mains ! On la « tire » comme s'il s'agissait de gants mal enfilés qui ont intérêt à l'être mieux...

Tentation secrète ou curiosité, Rose a lu à ce sujet tous les articles possibles dans les magazines féminins et même les revues spécialisées.

Retrouver l'étui de peau qui gainait sa chair et ses organes de façon si ferme et si précise, il n'y a pas à se le cacher : elle le souhaite !

Elle a aimé son corps, fière de le savoir sans défaut, ce qui lui a permis de le montrer, en fait de le « donner » à un homme, Georges, sans s'embarrasser de fausses pudeurs.

« Que tu es belle, ma beauté ! » lui disait-il lorsqu'elle allait et venait, nue, au pied du lit où il était couché. Rose souriait, tranquille, mais jouant les coquettes :

– Il y a plus belle que moi !

– Pour moi, non. Je n'ai jamais connu de femme aussi divine...

Bonheur délicieux que celui qu'elle éprouvait et donnait en étant belle. Jeune. Intacte.

Aujourd'hui, le miroir lui confirme ce qu'elle sait déjà : jeune, fraîche, elle ne l'est plus.

Belle, quand même ? Pour susciter le désir, ce n'est plus aussi évident qu'autrefois. Affaire de goût, d'érotisme masculins, et si Rose n'en est pas à se dire : « Pour moi, c'est fini ! » – Daniel lui a souvent prouvé le contraire –, c'est devenu l'affaire de son partenaire ; elle-même n'est plus sûre de son pouvoir.

Elle ne se sent plus, comme le chantait naguère Sylvie Vartan, *la plus belle pour aller danser...*

Est-ce une raison pour ne pas rester la plus présente dans le cœur de son amant ?

Encore faudrait-il qu'il soit là. Pour le lui dire, le lui prouver.

Qu'attend-il ? Le temps passe, les nuits se font plus longues à l'arrivée de l'hiver.

Rose soutient ses seins de ses deux mains ; deux fruits lourds et mûrs. Peut-on s'aimer sans la chair ?

Même si ce n'est pas à quinze ans, comme Juliette, dans tous les romans d'amour qu'elle connaît si bien, les belles maîtresses, les dulcinées, les tant chéries meurent jeunes ! Rose prend un crayon, cherche à en dresser la liste : Manon, Isolde, Mme Bonacieux, Mme Bovary, Ophélie, Desdémone, la marquise de Merteuil, Virginie...

Ou alors, comme Phèdre ou Léa, l'héroïne de *Chéri*, les femmes vieillissantes et quand même amoureuses renoncent, comme de belles frégates démantelées qui s'abandonnent sans résistance aux éléments contraires.

En est-elle là, déjà ?

Que de vents coulis dans ces vieilles maisons quand vient l'hiver ! C'est en fouinant dans le grenier à la recherche d'un paravent que Rose tombe sur le coffre.

En acajou, rehaussé de quelques baguettes qui lui donnent un aspect précieux, sa ferronnerie travaillée, il n'est pas très grand : pas plus de soixante centimètres de long, le reste en proportion.

La clé n'y est pas, et, plutôt que de forcer la serrure, ce qui serait dommage, Rose entreprend de la retrouver. Ses premières recherches se révèlent vaines et c'est quand elle commence à n'y plus penser qu'elle déniche dans un vieux plumier, en compagnie de quelques crayons à mine noire, mais aussi bleue et rouge, une clé ouvragée dont l'aspect correspond à la façon du coffre.

Vérification faite, c'est bien elle !

Le coffre ouvert révèle un monceau de papiers, des lettres accompagnées de leurs enveloppes, mais aussi des livres de comptes, quelques portraits posés en noir et blanc, œuvres d'un artiste photographe de Limoges, et une sorte de cahier dans lequel quelqu'un a consigné jour après jour ses impressions.

Certaines des lettres, réunies par une fine ficelle dorée, de celles dont on entoure les sachets de confiserie, sont signées « ta Marthe », et Rose comprend qu'elles ont dû être retournées à celle qui les avait envoyées, après la mort de Francis au front.

D'autres, déposées en vrac, sont d'une écriture ancienne et portent en guise de signature la mention « Ton Papa », « Ton Père qui t'aime », ou alors « Maman », les deux écrivant parfois sur la même feuille.

Rose est prise d'émotion. À l'aspect du papier, déjà, d'une simplicité de qualité, mais aussi en songeant au temps qu'il a fallu à ces gens pour noircir autant de feuillets. Uniquement par amour...

Qu'est-il devenu, cet amour ? Disparu avec ceux qui l'éprouvaient.

Tant d'amour donné et parfois mal reçu... On ne sait pas toujours accueillir l'amour des siens. Venant des parents, on le considère trop comme un dû.

Rose se souvient des lettres de son père. Lorsqu'elle apercevait son écriture sur l'enveloppe, elle avait une brève réaction d'énervement. Que lui voulait-il *encore* ?

Car il y a beaucoup de réclamations dans les lettres des parents : « Quand viens-tu ? Je t'attend... Cela va faire un moment que je n'ai pas de nouvelles... » Ou alors, ce sont des plaintes : « mes rhumatismes, ce n'est guère brillant... »

Qu'est-ce qu'on y peut ? C'est normal qu'ils ne soient plus en bon état, ils se font vieux, il est temps qu'ils s'y résignent et cessent de bassiner les jeunes avec leurs maux...

Les pauvres ! songe Rose.

À qui raconter comment on se sent, sinon à ceux qui vous sont proches et dont on espère – un peu sottement, c'est vrai – de l'aide. À tout le moins de la compassion...

En lisant les lettres du père et de la mère de Marthe, Rose a le cœur serré, tant elles lui évoquent celles qu'elle-même a reçues de son père.

Les lettres des parents se ressemblent toutes, chargées de plaintes souvent dérisoires qui servent à dissimuler l'essentiel. Et le jour où le pire arrive, les enfants s'étonnent : « Mais pourquoi n'a-t-il pas dit qu'il était si malade ? »

Mais si, il l'a dit, écrit, même. Elle continue sa lecture : « *J'ai du mal à me servir de ma main droite, il faut que tu excuses mon écriture, ma chérie...* » Quelque temps plus tard : « *Je t'écris pour ton père qui ne parvient plus à tenir la plume depuis sa dernière attaque ; il veut que je te fasse part de ses bons vœux pour ton anniversaire, avec ce petit chèque. Il est navré de sa modestie, mais nous avons eu des travaux à faire pour la maison...* »

La maison où vit Rose en ce moment. Ces gens qu'elle n'a pas connus se sont saignés aux quatre veines pour l'entretenir et l'améliorer. Rose en éprouve une sorte de peine. En même temps, il y a de la douceur dans ce chagrin, et elle se met à les aimer, ces personnes d'autrefois, à travers leurs lettres qui reprennent vie au fur et à mesure qu'elle les parcourt. Elle y apprend des choses : c'est en 1892 qu'ils ont planté le cèdre. Quant à l'appentis, ils ont pu l'acheter à leur voisin, le maréchal-ferrant, lorsque celui-ci a fermé sa forge par manque de clientèle, le moteur ayant remplacé le cheval...

Comment ose-t-elle se percevoir comme une femme seule, isolée, abandonnée de tous, sous prétexte que l'objet de son amour est absent ? L'amour est partout, elle fait partie d'une immense chaîne et tout ce qui existe autour d'elle a demandé de l'amour, de l'attention, des soins quotidiens, minutieux, chacun travaillant – parfois même sans le savoir ou le vouloir – pour les générations futures...

Rose aimerait faire part de son émerveillement à Georges, il le partagerait, y ajouterait, lui, si attentif à autrui, toujours en quête d'un avenir meilleur...

Qu'attend-il pour la rejoindre ?

À défaut, lui faire parvenir quelque signe ?

Lui écrire comme on écrit à ceux qu'on aime, contre vents et marée, un jour ou l'autre.

Est-ce de manier tout ce courrier – lequel se révèle plus fort que la mort –, Rose se remet à espérer, à guetter à nouveau le facteur.

Comme à l'époque où, le cœur battant, elle se rendait à la poste, voir si l'attendait ce rien qui peut être tout : quelques mots griffonnés par une écriture bien-aimée.

L'enveloppe est ravissante, petite, bleutée, surchargée d'un lot de timbres étrangers et, pour une fois, l'intuition de Rose est prise en défaut : elle ne comprend pas tout de suite que la lettre vient de Georges.

Ce n'est qu'après avoir jeté un regard à la suscription qu'elle reconnaît l'écriture.

Sa belle écriture haute et forte, avec les déliés de la tendresse.

Son cœur se met à battre si fort qu'elle pose l'enveloppe non décachetée sur la table de la cuisine : que se passe-t-il ? que lui veut-il ?

C'est l'une des détresses liées au fait de vivre seule, on est moins bien armé face aux chocs affectifs – fussent-ils favorables – et on les redoute beaucoup plus. On sent que sa fragile organisation quotidienne, l'équilibre qu'on maintient à grand-peine, risquent de voler en éclats et qu'on peut se retrouver d'une seconde à l'autre confronté à l'inéluctable, les mains pendantes, avec personne à qui se confier, personne à qui réclamer de l'aide.

Ne serait-ce que quelques mots rassurants...

Plutôt que d'ouvrir tout de suite l'enveloppe, Rose préfère terminer ce qu'elle avait en train : la préparation de la pâtée de Léman qui attend, assis sur son derrière, face au fourneau. Puis elle éteint le gaz sous les petits pois, essuie ses mains sur son tablier noir à fleurettes, se dirige enfin vers la lettre qui, tout le temps de ces opérations ménagères, n'a pas quitté sa pensée.

Elle va la saisir quand elle rebrousse chemin pour se diriger vers le placard à liqueurs, en tire une bouteille sans étiquette et se verse un petit verre d'alcool de pommes, cadeau d'un voisin agriculteur.

Elle n'a nul besoin de l'absorber, il lui suffit de porter le minuscule récipient à ses narines, et déjà l'odeur forte et en même temps naturelle de l'eau-de-vie la réconforte.

Son courage rassemblé, Rose s'assied devant la table et ouvre la lettre dans le bruit de lapement de Léman qui en remet toujours quand il déguste ce qu'il aime particulièrement : aujourd'hui, des pâtes avec des carottes arrosées du jus du rôti de veau de la veille.

« *Mon amour...* »

Elle est donc toujours son amour. L'idée lui fait une sorte de peine : dans un sens, c'est trop.

Ou plutôt, c'est comme si le mot rouvrait une plaie qui commençait à se cicatriser.

> *« Mon amour... Je sais où tu es, car j'ai téléphoné chez toi, à Paris, et la voix d'une jeune fille – Sophie ? – m'a répondu que tu te trouvais en province. Quand j'ai demandé*

si c'était pour longtemps, on m'a répondu – un peu sèchement, m'a-t-il semblé – qu'on ne savait pas... Je n'ai pas demandé si tu étais malade, je n'ai pas osé, mais je sens que non. Je le saurais au fond de moi.

Je sais ce que tu fais là-bas, chez Marthe : tu m'attends.

Et moi aussi je t'attends.

Les choses ont changé : Lise ne vit plus avec moi, j'ai dû la placer dans un établissement où elle est mieux ; on s'y occupe d'elle à tout instant, comme son état l'exige. Elle me reconnaît de moins en moins et ne réclame plus ma présence. Flore a quitté Paris, elle est venue ici poursuivre ses études médicales dans une université proche où elle réussit et se plaît.

Pour moi, je travaille beaucoup, selon le rythme d'ici.

Quand viens-tu me rejoindre ?

Si plus rien ne te retient auprès des tiens, puique tu n'es plus avec eux, alors plus rien ne s'oppose à ce que nous vivions ensemble. À l'étranger, certes, mais partout où je ne suis pas avec toi, je suis à l'étranger... Là où tu es, là seulement est ma patrie !

Ton Georges.

P.-S. - Tu peux emmener Léman s'il est toujours avec toi : je n'ai ni chien ni chat.

La main de Rose cherche à tâtons le petit verre d'alcool de pommes qu'elle avale d'un trait.

Georges est libre, il la réclame, ils vont pouvoir se rejoindre.

Pourquoi se sent-elle si lasse, tout à coup ? Comme si quelque chose n'était plus en place au moment où son rêve le plus cher, celui de toute sa vie, peut enfin se réaliser ?

Une phrase de Dostoïevski lui revient en mémoire, celle qui termine sa terrible confession de détenu sibérien, *Mémoires écrits dans un souterrain.* On vient de lui ôter les boulets scellés à ses pieds de forçat, c'est fait, il a purgé sa peine, il peut s'en aller. « *La liberté,* écrit-il, *quelle ineffable minute !* »

Ineffable ?

Rose glisse mollement de sa chaise, s'affale sur le sol carrelé de la cuisine, évanouie, tandis que Léman lui lèche doucement le visage.

« Georges, non, je ne vais pas partir te retrouver... »

Rose s'aperçoit que c'est la première fois qu'elle trace intentionnellement le nom de « Georges » sur du papier. Dans les rares lettres qu'elle lui a adressées, elle ne l'appelait pas par son prénom, bon pour tous, mais par des mots réservés à eux deux. C'était « toi », « mon amour » – ou alors rien. Elle lui écrivait comme s'il était tout contre elle ; d'ailleurs, il s'y trouvait en pensée.

Aujourd'hui, Rose a besoin de mettre de la distance entre eux deux et c'est spontanément que cette apostrophe vient sous sa plume en tête de sa lettre.

« Ne crois pas que je n'aie pas été émue par ta proposition ! Je l'ai même été tellement que je me suis évanouie et que c'est la langue de Léman qui m'a ramenée à la conscience... Je voulais courir tout de suite jusqu'à toi, comme lorsque j'avais trente ans...

Ce n'est pas le fait que j'en ai bientôt cinquante qui m'arrête ; dès que je pense à toi, je n'ai plus d'âge et je ne t'en vois pas non plus.

Simplement, "ils" ont recommencé. Les miens.

J'avais fait mes bagages, quitté la maison de Marthe et m'étais installée dans un hôtel, à Paris, le temps de me faire faire un passeport (je n'en ai pas), de demander un visa, un billet d'avion pour moi, un titre de transport pour Léman. Puis, j'ai téléphoné à la maison dans l'intention de prévenir que je quittais la France. C'est Daniel qui m'a répondu. Il avait une drôle de voix, mais il allait bien, à l'entendre, tout était en ordre. Alors j'ai demandé à parler à Sophie qui, heureusement, était là, et elle m'a seulement dit : "Viens."

Elle m'attendait sur le pas de la porte pour m'annoncer : "Papa va très mal, il a une maladie grave."

Si on ne m'avait pas déjà prévenue, c'est qu'on n'avait les résultats des examens que depuis trois jours.

Georges, dans ces conditions, que voulais-tu que je fasse ?

Je suis retournée à l'hôtel chercher mon bagage et le chien, et je t'écris de l'appartement.

Daniel sommeille, il a des traitements durs à subir. J'ai dit que je l'accompagnerais tant qu'il ne serait pas hospitalisé. Je ne suis plus que cela pour lui : non plus sa compagne, mais celle qui l'accompagne... Je ne peux pas m'y soustraire, ce ne serait pas juste pour lui – nous sommes encore mariés – ni pour les enfants. Voilà pourquoi je ne viens pas te retrouver. »

Même si elle en a la tentation, il lui est impossible d'ajouter « tout de suite » ou « pour l'instant ».

Ce serait monstrueux d'avoir l'air d'attendre la mort de Daniel, ou même de compter dessus. Après tout, cet homme peut guérir, le médecin n'a pas été catégorique, c'est une issue qu'on a encore le droit d'espérer, de souhaiter. Rose est disposée à lutter afin de le conserver en vie.

Pour y parvenir, elle doit ne plus penser à Georges. Ne pas baigner dans la désolation à l'idée que cette maladie la prive de la joie de le retrouver.

Rose ne peut pas se permettre de trop souffrir.

Elle sait sans le moindre doute que Georges va le comprendre, et elle ne s'étonne pas qu'il ne lui réponde pas.

Que pouvait-il lui dire qu'elle ne sût déjà ? « *Je t'attendrai jusqu'à la fin* » ? La fin de qui ? Celle de Daniel, la leur ?

L'épreuve est suffisamment dramatique pour qu'à l'immense déception d'amour ne vienne pas s'ajouter le poison d'une mauvaise espérance.

Sophie a encore pris des centimètres et dépasse maintenant sa mère d'une demi-tête. Est-ce cela ou autre chose ? Il semble à Rose que sa fille la regarde avec hauteur. Comme si c'était elle, désormais, « la femme », et que Rose, proche de cette cinquantaine après quoi une femme entre dans ce qu'on appelle le « sans âge », n'a plus qu'à s'effacer devant sa fille.

Laquelle, dans toute sa jeunesse rayonnante, tient le haut du pavé.

Rose le perçoit à des détails : c'est sur un ton d'autorité, comme si un refus ne pouvait être envisagé, que Sophie demande, lorsqu'elle sort, à lui emprunter son manteau de fourrure, certains de ses bijoux. Elle lui a même lancé récemment :

– Tu ne veux pas me donner ton pendentif en perles ? Tu n'en as plus besoin !

– Comment ça : plus besoin ?

– Tu ne le portes jamais...

C'était le premier cadeau de Daniel, au temps de leurs fiançailles, et l'objet, en dépit de sa modestie, lui est demeuré cher. Un souvenir. Si elle ne le met plus, c'est qu'elle a un autre souvenir...

Georges, un jour qu'ils considéraient ensemble, à Limoges, une boutique de bijoutier, y était entré en coup de vent pour ressortir avec un minuscule cœur en or. Jusque-là, Rose l'avait prié de ne pas lui faire de cadeau, mais en était-ce un ? Juste un symbole de leur amour. Rose n'avait pu le refuser et, depuis, elle le porte toujours à son cou, attaché à une chaîne si ténue qu'elle craint de la casser si elle cherche à l'ôter.

Son pendentif en perles demeure dans son coffre à bijoux. Toutefois, elle y tient : il lui rappelle son passé de jeune amoureuse...

– C'est ton père qui me l'a offert. Il ne serait pas content si je m'en séparais.

– Pour moi ? Mais c'est comme si c'était toi... Et puis, au moins, il le verra porté.

Faut-il entendre un reproche, une insinuation dans la répartie ? Reste que Rose donne le pendentif à Sophie, ou plutôt le lui laisse prendre, tandis qu'une sorte de froid la glace.

Comme si sa fille, en s'emparant de l'un de ses bijoux et en guignant les autres, lui soufflait : « Renonce, Maman ! Ta vie de femme est terminée, tu ne peux plus être un objet de désir pour les hommes, inutile de te parer et de te faire encore des illusions... »

Rose a alors le sentiment d'assister à ce qui se passera après sa mort : on lui prendra ses bijoux, jusqu'à ceux qu'elle aura sur elle.

Même le petit cœur ?

« Je l'avalerai avant de mourir », se dit-elle avec désespoir. Encore faudra-t-il qu'elle soit consciente et qu'elle en ait le loisir.

Mort ou vivant, les enfants vous mangent.

Toutefois, au chevet de Daniel, la mère et la fille se retrouvent complices. Leurs gestes s'accordent, leurs mots aussi, sans qu'elles aient même besoin d'échanger le moindre regard.

– Tu as meilleure mine aujourd'hui, mon petit papa.

– Et comment ! Le médecin a dit qu'à la fin de la semaine tu allais rentrer à la maison. Tu te rappelles ce qu'il t'a déclaré hier ? « Je ne veux plus vous voir ici... » Il était catégorique.

– Je dois commencer à lui taper sur les nerfs, sourit Daniel face à cette affectation d'optimisme.

Chœur outré des deux femmes :

– Comment peux-tu dire ça ?... Il t'adore ! Il passe des heures à parler avec toi. Tu vas lui manquer... Seulement, il n'a plus de raisons de te garder...

Dans le couloir conduisant à la sortie, elles se taisent. Là aussi, leurs rapports ont subtilement changé : il y a encore quelque temps, Rose, face à une épreuve, aurait eu à cœur de remonter Sophie, de lui donner des raisons d'espérer ou de ne point trop s'en faire. Maintenant, c'est comme si c'était elle, la mère, qui attendait un réconfort de sa fille.

Lequel ne vient pas.

Il lui semble que Sophie lui en veut. Lorsque

Rose lui pose certaines questions, en guise de réponse, elle grogne ou gronde.

– Quand Patrick et toi vous êtes-vous aperçus qu'il n'allait pas bien ?

– Je n'en sais rien, moi, il ne se plaignait jamais... Tu sais comment est Papa, il évite d'accabler son entourage, surtout ses enfants...

Sous-entendu, pense Rose : « Quand un homme est malade, c'est à sa femme qu'il se confie. Et sa femme n'était pas là ! »

Aux yeux des enfants, les parents n'ont qu'une mission dans la vie – ou plutôt un double devoir : les élever, puis s'occuper l'un de l'autre pour laisser leur progéniture libre de mener sa barque à son gré. Ce qu'ils attendent de leurs « vieux » est simple : ôtez-vous de notre chemin, c'est notre tour !

« En fait, se dit Rose, ils sont semblables à la nature, laquelle ne pense qu'à la reproduction des espèces, aux soins à prodiguer aux jeunes pousses, tandis que les précédentes s'étiolent, disparaissent, deviennent une sorte de compost dont les nouveaux vont pouvoir se repaître... »

Cette pulsion est si forte que la religion et les lois ont éprouvé la nécessité de la contrer ou de la tempérer. Cela fait partie des Dix Commandements et de différents codes : les humains gardent des devoirs envers leurs ascendants qu'ils ne doivent pas laisser à l'abandon, contrairement à ce qui se passe naturellement parmi les espèces animales.

Sophie, qui allonge le pas pour retrouver la voiture et ouvrir les portières, ressemble d'ailleurs à un bel animal avide d'aller de l'avant, furieuse – sans qu'elle le dise ni même en ait conscience – de l'empêchement que représente la maladie de son père.

– Les hôpitaux, je déteste..., murmure-t-elle en prenant le volant tandis que Rose, assise à ses côtés, boucle sa ceinture.

– C'est pourtant le meilleur endroit pour recevoir des soins efficaces...

– ... lesquels ne vous empêchent pas de crever !

– Enfin, Sophie, qu'est-ce que tu as ?

– J'ai que Papa n'a plus envie de vivre et que personne ne s'en soucie.

– Comment peux-tu dire ça ? Nous sommes tous autour de lui, toi, moi, Patrick, le médecin, à l'encourager...

– Non, pas tous.

– Qui n'est pas là ?

– Toi.

– Sophie, tu plaisantes ! Je ne le quitte pas...

– Non, mais tu n'es pas là !

– Peux-tu me dire où je suis ?

Sophie hausse les épaules, l'air de penser : « Tu le sais bien. »

Rose se tasse sur son siège : tout ce qu'elle a fait, tout ce qu'elle a sacrifié ne sert donc à rien ? D'une voix affaiblie, elle tente de se justifier :

– Hier, ton père m'a dit : merci d'être là...

Sophie laisse passer deux feux rouges avant de répliquer :

– Papa est bon.

Est-ce insinuer qu'elle, Rose, ne l'est pas ?

À peine sont-elles arrivées que Rose se précipite dans sa chambre – l'ancienne chambre de Sophie, laquelle s'est installée dans un studio – et se laisse tomber sur son lit. Pleure.

Sera-t-elle toujours en tort, uniquement parce qu'elle aime ?

Mais, si elle aime autant Georges, c'est notamment parce que lui, au moins, ne lui a jamais donné le sentiment qu'elle était coupable.

Cette faute originelle dont on ne cesse depuis des millénaires d'accabler les femmes, uniquement parce qu'elles sont femmes et que leur vie ne doit pas leur appartenir, mais être donnée aux autres. Jusqu'au trognon !

« Tu verras quand ce sera ton tour », murmure Rose en essuyant ses yeux et en pensant à Sophie.

Sa petite fille...

Pour l'instant, Sophie ne sait pas encore qu'il y a en elle une « part maudite », elle croit pouvoir y échapper grâce à son courage, à sa loyauté, à son sens de l'absolu.

Qu'elle en profite, cela ne durera pas, ne peut pas durer. On n'échappe pas au destin général. Ou seulement par miracle...

Rose sourit, soudain consolée ; elle tient le minuscule cœur en or dans sa paume.

Ce miracle, elle en bénéficie et il ne cesse de se renouveler pour elle. Elle est une femme aimée par un homme. Sans conditions. Du seul fait qu'elle existe.

Rose surprend à plusieurs reprises le regard de Patrick posé sur elle. Il est porteur d'une interrogation, mais aussi d'une anxiété.

Lui en veut-il, comme Sophie ?

Il semble à Rose que, venant de Patrick, elle ne le supporterait pas. C'est pour cela qu'elle ne cherche pas à savoir ce qu'il pense de la maladie de son père, ni de son retour à la maison.

Depuis qu'ils sont seuls à table, ce dimanche-là – Sophie, qui avait promis sa présence, s'est décommandée au dernier moment –, ils sont parvenus à esquiver les sujets brûlants, se cantonnant dans des propos sans importance.

Soudain, Patrick attaque. Violemment, comme le font souvent les jeunes qui méprisent l'art de l'approche.

– Que feras-tu, après ?

Rose feint l'innocence :

– Moi ? De quoi parles-tu ? Après quoi ?

– Après la mort de Papa...

– Enfin, Patrick, comment peux-tu demander une chose pareille ? Ton père est toujours là... On ne sait pas pour combien de temps... Je vis au jour le jour.

– Tu retourneras à Limoges ? Ou tu partiras plus loin ?

Rose se tait. Sincèrement, elle n'y a pas pensé, ne se l'est pas permis, et elle en veut à son fils de la pousser sur ce terrain douloureux.

– Qu'est-ce que ça peut te faire ?

Le jeune homme pâlit. Sous ses yeux, un cerne bleu fonce encore ; Rose est apitoyée par son émotion. Elle voudrait le prendre dans ses bras, l'embrasser à la naissance des cheveux, lisser du doigt le sillon qui se forme au-dessus de son nez mais qui n'est pas encore définitif.

Il doit sentir bon, aussi. Petit, elle l'aspergeait d'eau de Cologne ; maintenant, il se met l'un de ces parfums pour hommes dont l'effluve ne dissimule pas complètement son odeur de jeune mâle en pleine santé.

Entre mère et fils, la sensualité demeure agissante. Longtemps. En tout cas, tant qu'elle se sent une femme et que lui-même est jeune.

C'est d'ailleurs comme une femme que Patrick la considère.

Ce qui la gêne, la trouble. La question qu'il ne pose pas est présente : « Et ta vie sexuelle, maman, qu'est-ce qu'elle devient, dans tout ça ? »

Rose reprend d'un ton plus doux, plus féminin aussi :

– Pourquoi me demandes-tu ce que je vais faire ?

La réponse la surprend :

– Parce que j'aimerais que tu sois heureuse.

– En ce moment, ce n'est pas facile...

– Je sais. Mais quand l'as-tu été ?

– Mais tout le temps, grâce à vous, mes amours...

Patrick se lève, déplie ses longues jambes, rit en montrant ses dents blanches, tapote la poche de sa veste, puis interrompt une recherche inutile : il a arrêté de fumer, ce qui fait bien plaisir à Rose.

– Ce qui s'est passé entre Papa et toi ne me regarde pas, mais tout de même !

– Quoi ?

Que sait-il ?

– Tu ne peux rien dissimuler, Maman. Il y avait des moments où tu avais l'air d'exulter – en même temps, tu étais ailleurs dans ta tête... D'autres fois, tu t'ennuyais carrément parmi nous, c'était évident.

Son fils l'a donc observée ? Elle qui se croyait à l'abri, impénétrable...

– Chacun a son monde intérieur, lâche-t-elle évasivement.

Patrick rit plus fort, s'approche d'elle, toujours assise devant les restes de leur repas, lui dépose un bref baiser sur les cheveux.

– Je m'en fiche, que tu aies des amants ! À dire vrai, je ne vois pas comment on peut rester fidèle vingt ans de suite à la même personne... Papa a eu ses petites aventures. Il est moins cachottier que toi, cela se voyait, surtout depuis que tu es partie...

– Ah ?

Elle se sent prise de curiosité – un humain n'en est jamais départi. Avec qui Daniel a-t-il couché ? Mais elle se retient, ce ne serait pas digne. D'ailleurs, Patrick poursuit sans s'appesantir :

– Pas de quoi fouetter un chat, ne t'en fais pas. Papa n'a aimé que toi...

Rose va pour répliquer, mais il l'interrompt de la main :

– Tais-toi, ne me dis pas que toi aussi, tu n'as aimé que lui. Je ne te croirais pas.

– En fait...

Rose se tait. Elle ne va pas confier ses amours à son fils après s'être tue si longtemps à cause de lui et de Sophie. Pour qu'ils puissent être heureux, grandir normalement...

Mais s'ils ne l'avaient pas crue ? Si Patrick la prenait pour une menteuse ? Une traîtresse ? Hypocrite, de surcroît...

Il vient s'agenouiller près d'elle, lui saisit tendrement la main :

– Ma petite maman, si je suis capable d'aimer les femmes aujourd'hui, c'est à cause de toi... Tu es tellement féminine ! Le plus dur, dans ma vie, a été de cesser d'être amoureux de ma mère et de considérer qu'elle était la plus belle du monde ! Il le fallait bien, pour m'intéresser aux autres – à une autre...

« Comme il sait me parler, se dit Rose. Il doit savoir aussi s'adresser aux autres femmes ! Il est en train de dire que j'ai réussi son éducation, malgré tout, malgré moi... »

Elle a envie de pleurer de joie. Puis la jalousie pointe :

– Tu es donc amoureux, tu as rencontré quelqu'un ?

Patrick se relève, éclate de rire :

– Je ne te dirai rien ! Pas avant que cela ne devienne officiel...

En quelques minutes, son fils est arrivé à la rendre anxieuse, curieuse, jalouse... À la combler et à la frustrer.

En somme, autant Sophie se débrouille pour lui faire entendre qu'elle n'est plus vraiment une femme – du moins désirable –, autant ce grand diable de garçon fait en sorte qu'elle se sente féminine, et même plus que jamais !

Rose ne peut se retenir :

– Je t'aime ! lui lance-t-elle.

– Moi aussi, Maman !

Il s'approche pour lui baiser la main, s'éloigne.

– Maintenant, il faut que je parte, j'ai un rendez-vous. Je te retrouve ce soir à l'hôpital.

– Je vais y passer l'après-midi. Je t'attendrai.

Elle a fait de lui un homme. En échange, son fils agit en sorte qu'elle demeure une femme. Bien sûr, Patrick ne lui a rien dit de tel, mais c'est comme s'il lui donnait la permission d'aimer Georges. De pouvoir le retrouver. Un jour. Plus tard.

Atteints d'une maladie grave, certains se défendent jusqu'au bout comme si leur séjour sur cette terre n'était pas terminé. À moins qu'ils ne craignent si fort le passage dans l'autre monde qu'ils s'accrochent bec et ongles à celui-ci. « Je ne veux pas mourir ! » crie tout leur être, quand ils ne le clament pas carrément à la figure de leur famille et de leurs soignants désolés et impuissants.

Daniel, lui, sourit à l'entrée de chacun des siens, tend une main de plus en plus faible, serre de moins en moins celle qu'on lui offre en retour, referme vite les paupières. On l'a dérangé, semble-t-il, et il retourne là où il est le mieux : ailleurs.

Sophie a raison, se dit Rose ; Daniel semble s'étioler, s'effacer sans vraiment lutter.

– Tu veux quelque chose ? lui demande-t-elle à intervalles réguliers.

Au début, le malade disait « non » ; maintenant, il se contente de secouer la tête, battant des paupières sans vraiment ouvrir les yeux.

Rose s'était imaginé qu'aux derniers instants – puisqu'il fallait se résigner à en arriver là –, ils auraient une conversation de fond, qu'elle pourrait lui affirmer qu'en dépit de tout, elle l'avait terriblement aimé. La preuve étant qu'elle ne l'avait pas réellement quitté, elle s'était seulement éloignée, et voici qu'elle était à nouveau là, à ses côtés, des journées entières, toute à lui...

Mais la conversation n'a pas eu lieu et, ces dernières heures, elle est devenue impossible. Inutile, aussi. S'ils avaient quelque chose à se confier, ils se le sont dit à travers un échange de regards, de gestes. Et parce que Rose est présente. Sans désemparer.

« C'est avec les enfants que j'ai pu m'expliquer », constate-t-elle.

Avec pour résultat que Sophie continue de lui faire la tête, se conduisant comme si sa mère ne se trouvait pas dans la chambre du mourant et qu'elle, sa fille, était seule avec lui. À capter ses derniers regards, à tenter de lui arracher d'ultimes syllabes.

Patrick, c'est l'inverse : dès qu'il ouvre la porte de la chambre, il commence par s'approcher de sa mère, l'embrasse sur les cheveux, les joues, presse de la main son épaule, et c'est à elle qu'il demande : « Comment va-t-il ? » Après quelques minutes durant lesquelles il observe le malade, comme s'il cherchait à imprimer ses traits dans sa mémoire, il se tourne à nouveau vers Rose :

– Je peux rester, va te reposer.

– Je n'en ai pas envie.

– Alors va marcher, ça te fera du bien.

– Tu crois que je songe à me faire du bien ?

Ils se sourient, complices dans leur peine.

Le temps ne passe plus, comme on dit.

En fait, chacun sait que les heures, les minutes sont comptées, et veut les retenir tout en sachant que c'est impossible ; qu'après de tels moments vécus en commun, rien ne sera plus comme avant pour eux tous.

« Mais comment était-ce, *avant* ? » se demande Rose qui somnole dans le grand fauteuil depuis qu'on a ramené Daniel à la maison. « Je ne sais plus comment je vivais... »

Une chose est certaine : ces jours-ci, elle est dans l'amour des siens comme elle ne l'a peut-être jamais été.

Au cœur de ce drame – la disparition d'un être cher – qui ne cesse de se répéter d'une génération à l'autre, l'amour se concentre. Semble se faire chose, tant il devient sensible. Les gestes, les actes de chacun sont tous orientés par lui. Plus rien d'autre ne compte qu'aimer encore et pour toujours celui qui s'en va.

– Il est mieux, dit Rose à Sophie qui vient d'entrer sur la pointe des pieds. Il m'a parlé, il a voulu boire.

Daniel, en effet, a les yeux ouverts. Mal rasé, il reste beau avec ses cheveux argentés aux tempes, ses dents saines.

– Ma petite fille, dit-il en apercevant Sophie, et il tend le bras vers elle plus énergiquement qu'il ne l'a fait ces derniers jours.

Sophie se jette à genoux contre le lit, prend cette main si pâle, la couvre de baisers.

Daniel sourit, referme les yeux d'un air satisfait.

« On dirait qu'il ronronne », pense Rose, car de la poitrine du malade émane un bruit sourd et régulier.

Qui s'arrête.

Daniel est mort.

– Mais qu'est-ce qu'elle a ?

– C'est ce qu'on appelle une dépression...

Le médecin les regarde tour à tour. Chez le garçon comme chez la fille, il lui semble percevoir une sorte d'exaspération.

Plus encore peut-être chez la fille que chez le fils.

C'est un phénomène qu'il a souvent observé chez les proches des dépressifs, des suicidaires, des anorexiques : ils en veulent à celui ou celle qui dérange leur vie habituelle par un comportement hors norme. Sous-entendu : « Il n'a qu'à faire un effort... »

– Mais pourquoi, demande Sophie d'un ton dont elle contient l'irritation, que veut-elle ? Qu'est-ce qui ne va pas ?

– Je ne la connais pas assez, dit le médecin. C'est vous qui pourriez me renseigner. De quoi se plaint-elle ?

– De rien..., fait Patrick en haussant les épaules. De toutes façons, Maman ne s'est jamais plainte de rien...

– Avec elle, il faut tout deviner, et encore !

– Elle n'a jamais vécu pour elle ? s'enquiert le Dr Hébertin.

– D'une certaine façon, non..., commence à expliquer Patrick.

– Comment peux-tu dire ça ! s'exclame Sophie. Un beau jour, sans raison, elle a décidé de quitter Papa. D'ailleurs, il en est mort...

– Il est mort d'un cancer, corrige Patrick, et Maman est revenue le soigner jusqu'au bout. Sois juste ! C'est après que son mal l'a prise...

– Sans raison ? relève le médecin, rêveur. Vous dites qu'elle a quitté votre père sans raison ?

– Elle a dit qu'elle souhaitait vivre seule, dans une petite maison dont elle venait d'hériter, dans un trou perdu près de Limoges. C'est ce qu'elle a fait et elle peut y retourner quand elle veut, dès qu'elle ira mieux. Elle devrait être heureuse ! Maintenant, il n'y a même plus Papa pour lui créer du remords...

– Le remords, dit le médecin en refermant sa sacoche, peut survenir longtemps après... Pour l'instant, qu'elle prenne les médicaments que je lui ai prescrits, et nous verrons comment elle réagit.

– Mais moi, je ne vais pas pouvoir la garder indéfiniment ! prévient Sophie. J'ai quitté mon appartement pour venir vivre avec elle, mes affaires sont ailleurs. Et puis il y a le chien : qui va le sortir ?

– Je peux m'occuper du chien, propose Patrick. Je l'aime bien, ce vieux Léman.

– Il y a toujours la possibilité de mettre votre mère dans une maison psychiatrique, suggère le médecin, mais ce n'est peut-être pas le moyen le plus rapide de la guérir. Elle a besoin d'affection.

– Ça ne se voit pas, dit tristement Sophie. Elle ne m'adresse pas la parole, ou à peine...

– Peut-être pense-t-elle que vous n'êtes pas prête à l'écouter ?

Il s'est levé. C'est un bel homme aux cheveux gris, au regard inquisiteur :

– Remarquez, mademoiselle, je suis d'accord avec vous : la famille n'est pas forcément le meilleur entourage possible pour quelqu'un qui déprime...

Il n'ajoute pas : c'est généralement à cause de sa famille qu'une personne ne va pas bien. Car il n'a pas encore compris ce qui se passe ici, ni chez sa malade, cette belle femme pour laquelle il s'est pris d'affection.

Elle-même ne veut pas se confier, ou ne le peut pas. Peut-être d'ailleurs ne sait-elle pas ce qu'elle pourrait avoir à dire ? Mais elle le regarde avec une telle confiance, presque de l'amitié, comme si elle savait qu'il partage... Quoi ? Sa douleur ?

– Je reviens dans quelques jours. Rappelez-moi s'il y a du changement ou si vous vous inquiétez.

– Merci, docteur, dit Sophie en le raccompagnant jusqu'à la porte. Et pour vos honoraires ?

– Nous verrons cela lorsqu'elle ira mieux.

Une façon délicate de laisser entendre que la situation n'est pas définitive, ni bloquée. Ce qui réconforte la jeune fille.

Elle revient dans la pièce où son frère s'est assis, la tête de Léman sur un genou.

– Si je m'attendais...

– À quoi ?

– À ce que Maman nous fasse ça... Je la croyais si forte...

– Moi, c'était Papa que je croyais fort, et tu as vu comme il a vite dépéri.

– Pourquoi l'a-t-elle quitté, aussi ? Ils s'aimaient...

Sophie s'assied en face de son frère.

Ils s'entre-regardent. Sans doute n'est-il pas possible de grandir sans égoïsme, en ne voulant voir de ses parents que ce qui arrange, et en escamotant le reste.

– Tu sais, dit doucement Sophie, je n'ai pas l'impression que c'est ma mère qui est là, dans la pièce à côté, mais une étrangère que j'aime et que je ne connais pas...

– C'est peut-être le moment de faire sa connaissance ?

Sophie se lève, va coller son front contre la fenêtre :

– Il faudrait que j'en aie envie... Mais, après ce qu'elle a fait à Papa...

– À Papa, ou à toi ?

– C'est vrai, je lui en veux parfois comme si elle m'avait trahie, moi, sa fille...

Elle se retourne, les cheveux en bataille, ses yeux noisette lançant des éclairs :

– Le pire, c'est qu'elle a l'air heureuse ! Elle me fixe sans me voir, ne me répond pas, elle a l'air en béatitude dans un monde à elle, ailleurs...

– Eh bien, tant mieux !

Sophie se dirige vers la porte.

– Il faut que j'aille voir si elle n'a besoin de rien. En fait, que j'essaie de le deviner...

La voisine leur téléphone qu'un déplacement des tuiles de la petite maison, dû à la tempête, laisse présager une fuite d'eau, laquelle peut à la longue causer des dégâts. Sophie s'est résignée sans enthousiasme à aller voir sur place ce qu'il en est.

La jeune fille a prévu un aller et retour par train, avec taxi à l'arrivée. De Paris, elle a convoqué le maçon. Bien entendu, celui-ci ne se présente pas à l'heure dite au rendez-vous. C'est en l'attendant qu'elle a machinalement ouvert un tiroir, puis l'autre. Sa mère était partie si rapidement – dès qu'elle a su Daniel si malade – qu'elle a pu abandonner des objets – anciens bijoux ? – ou des papiers importants ici ou là. De fait, elle retrouve deux factures, quelques reçus et récipissés utiles pour sa déclaration d'impôts à venir. Puis la lettre...

Elle gît, repliée, dans le petit tiroir de la table ovale sur laquelle un vase contient toujours des roses, fraîches en été, séchées l'hiver.

Le vase bleu est vide, mais la lettre est là,

avec son enveloppe surchargée de jolis timbres représentant des oiseaux d'Amérique.

Étonnée par le bel aspect du papier, l'élégance de l'écriture, Sophie se met à la lire dans une stupéfaction croissante.

Ainsi sa mère avait une liaison !

Rose a eu, a encore un amant qui lui demande de venir vivre avec lui.

Depuis quand ? Pourquoi n'en a-t-elle jamais rien dit ? L'hypocrite, la...

Un flot d'injures lui vient spontanément à la bouche, et si Sophie s'interrogeait, elle se rendrait compte qu'elle souffre avant tout de jalousie. Aucune fille ne supporte que sa mère déclenche une passion dont elle-même ne jouit pas. Quelle injustice ! Les filles ne devraient-elles pas avoir tout ce qu'ont leur mère, en mieux et en plus fort, puisqu'elles sont plus jeunes ?

Or, si Sophie, à plus de vingt-cinq ans, a eu des liaisons – la dernière avec ce gentil Sébastien qu'elle se refuse à épouser : « Je préfère qu'on reste libres, c'est mieux comme ça... » –, elle n'a jamais suscité une passion.

D'un ordre aussi dévastateur...

Si la lettre ne révèle pas tout de l'aventure, du moins perçoit-on entre les lignes qu'il s'agit d'un amour hors du commun.

Pourquoi sa mère n'a-t-elle pas répondu ?

Mais peut-être l'a-t-elle fait ?

Sophie considère la date du cachet et s'aperçoit qu'elle ne précède que de quelques jours le retour de sa mère à Paris. Leur père est tombé malade, il est mort. Mais depuis ?

S'est-il passé quelque chose de grave pour que Rose ne soit pas partie rejoindre son amant après la disparition de Daniel ? Ce Georges a-t-il changé d'avis ? Ou bien est-ce elle ? L'aurait-elle trompé avec un autre après une si longue absence ?

Après tout, si Rose a eu un amant – Patrick et elle s'en étaient quelque peu doutés –, qui dit que leur mère n'en a pas eu d'autres ? Plein d'autres ?

C'est sans la moindre indulgence que Sophie envisage ces hypothèses.

Quand le maçon arrive, s'excusant de l'avoir fait attendre, c'est à peine si la jeune femme prend intérêt à son examen du toit (à son avis, il n'y a que quelques tuiles déplacées et si on lui laisse les clés, il viendra les remettre en place dans le courant du mois).

– Oui, oui, dit Sophie, contente d'être débarrassée à bon compte du problème. Tenez, prenez les clés et ramenez-moi à Limoges, s'il vous plaît ; je reprendrai le premier train.

Sitôt de retour à Paris, Sophie se précipite dans la chambre de sa mère dont une garde s'est occupée pour la journée. Elle brandit la lettre sous le nez de Rose : « Maman, ce Georges, qui est-ce ? »

À l'énoncé du prénom aimé, Rose émerge quelque peu de sa torpeur. Elle fixe Sophie et, pour la première fois depuis bien longtemps, dit quelque chose :

– Georges... Eh bien, il va venir...

– Mais quand ? Son nom de famille, quel est-il ?

Mais Rose a refermé les yeux et Sophie doit rester sur sa colère.

Ce qui l'irrite le plus, c'est qu'elle ne s'est pas doutée de l'aventure qui s'est déroulée sous ses yeux. Quelle sotte elle a été ! Quant aux amants, ils se sont montrés bien habiles !

Son père savait-il ?

Parmi tant d'interrogations sans réponses, la plus irritante concerne Rose : qui donc est cette femme qui s'obstine à se taire ? Qui est sa mère ?

Et elle, sa fille, que doit-elle faire, maintenant ?

Peu de temps avant de recevoir la lettre d'Amérique, Rose avait aperçu dans un magasin de jouets de drôles de petits œufs dans une matière ressemblant à du plâtre, très bien imités, dont sortait chaque fois, à mi-corps, un petit animal différent : un chaton, une grosse cigale, un lapin... Tout, sauf un oiseau.

C'est l'impression qu'elle a en ce moment : d'être prise à mi-corps dans cet œuf que les autres appellent *réalité*. Mais, jusqu'à la taille, le reste d'elle-même plonge dans un autre univers, celui dans lequel elle a envie d'entrer tout à fait.

Pour y naître enfin ?

Ils disent autour d'elle qu'elle est déprimée. Elle les entend parfaitement, aucun de leurs mots ne lui échappe. Mais elle ne peut leur répondre, c'est comme si elle n'avait plus de bouche ni de voix pour s'exprimer...

Ce doit être ainsi lorsqu'on est dans le coma, voire tout juste mort.

On entend, on comprend, mais on n'a pas

les moyens de participer, ni l'envie ou la force de le faire.

Elle préfère d'ailleurs qu'on la laisse seule. Ainsi peut-elle ne se préoccuper que de ce qui l'intéresse vraiment. Penser à son amour. Elle a commencé à revivre chacun des instants qu'elle a passés avec Georges et elle s'aperçoit qu'il y en a eu beaucoup plus qu'elle ne l'estimait. Elle les croyait oubliés, effacés par ce qu'elle a vécu depuis lors. Mais non : ils sont restés tout autour d'elle, à sa disposition, pourvu seulement qu'elle veuille faire appel à eux.

Mais, jusqu'ici, elle a détourné le regard, les a piétinés quand l'un ou l'autre cherchait à affleurer à sa conscience, refusant de se les remémorer et de s'en réjouir.

Quelle erreur ! Ce qu'elle a vécu avec Georges lui appartient quoi qu'il advienne, et c'est un merveilleux réconfort.

Maintenant qu'elle l'a admis, qu'elle a ouvert la porte à ce qu'elle appelait « le passé » et qui, en fait, ne l'a jamais désertée, Rose entend profiter de chaque minute, chaque détail de son amour.

Elle lui avait mis le doigt sur la bouche : « Attention de ne pas trop me révéler à moi-même ; sinon, jusqu'où suis-je capable d'aller ? »

Nulle part, en fait.

Après leur dernière séparation, même si elle continuait d'accepter les caresses de Daniel, elle ne participait plus. Et ses sens éveillés par son amant criaient famine.

Est-ce pour cela qu'elle n'avait plus voulu évoquer ses souvenirs sensuels, repenser à leurs baisers, à leurs étreintes ? Pour ne pas être prise d'une crise...

De quoi ? D'hystérie ?

Elle, Rose, si sage en apparence, jugée si froide par son entourage...

Lorsqu'elle était remontée à Paris pour soigner Daniel – en fait, l'aider à mourir, à passer de l'autre côté de la vie –, il y avait eu des moments qu'elle avait préféré occulter, là encore.

Comme si c'était « mal » de complaire aux faibles élans de cet homme malade, alors que ce n'était que naturel.

Ainsi, lorsqu'elle lui faisait sa toilette et qu'il gardait les yeux clos, il touchait son poignet de façon à conduire sa main jusqu'à son bas-ventre, et Rose obéissait à l'injonction. La tête vide, sans pensée. Après tout, le pauvre homme, si cela lui faisait encore du bien...

Et elle, qu'est-ce que ça lui faisait ?

Cela réveillait la famine causée par son abandon physique.

La sexualité de complaisance, à soi, à l'autre, celle qui ne débouche que sur le plaisir, égare et appauvrit. On ne sait plus où on en est dans ses rapports avec soi et autrui. Même si cela paraît calmer un peu, sur l'instant. Il n'y a que dans l'amour partagé que le recours au sexe ouvre une porte, donne accès à une autre personne, par une autre voie que celle de la parole. Grâce à elle, la parole s'incarne, devient chair...

Quand on aime, toute la machinerie du corps se met en branle et la chair se transcende, échappe à son destin de viande.

Ce qu'on appelle se sublimer ?

Rose s'était sublimée avec Georges et c'était une mélancolie, un déchirement si terribles de ne plus vivre ce dépassement qu'il lui arrivait de souhaiter la mort. Pour en finir.

Le train-train quotidien, pourtant bien peu exigeant, l'épuisait. Elle se sentait dévorée par la fatigue et trouvait étrange qu'on puisse accomplir des exploits physiques ou nerveux, lorsqu'on est dans l'amour, tandis que, du jour où on n'y est plus, rien que se lever le matin accable.

En ce moment même, elle ne se sent pas la force d'allonger la main vers le verre d'eau posé sur la table, tout près d'elle. Pourtant, elle a soif.

A-t-elle vraiment soif ?

Son organisme s'est mis en veilleuse, il n'y a plus que les images dans sa tête qui vivent. Elle réentend chaque mot qu'ils se sont dits, revit les jours un à un, les heures, les minutes...

C'est une joie si intense qu'elle en sourit malgré elle, comme ces saintes représentées sur certains tableaux et qui ont l'air transportées au cœur du supplice.

On dit : « Elles sont en extase. » Rose se sent en extase dès qu'elle pense à Georges.

Alors, elle n'a plus besoin de rien.

On sonne à la porte, il est six heures du soir et Sophie a aussitôt l'intuition qu'il va se passer quelque chose d'important.

Plus tard, en s'interrogeant sur cet accès de voyance, elle se dira qu'il n'y avait rien là de surnaturel : en fait, depuis plusieurs jours, elle s'attendait à voir débarquer cet homme.

La porte ouverte, c'est sans hésiter ni lui laisser le temps de se présenter qu'elle déclare :

– Vous êtes Georges.

– Et vous, Sophie.

Son visage est tiré par l'angoisse et la fatigue ; pourtant, en énonçant son prénom, Georges lui sourit avec une sorte de tendresse.

Il est plus petit, il a les cheveux plus blancs qu'elle ne pensait, mais le regard est si vif, si scrutateur que la femme en elle en est troublée. Si elle ne savait pas ce qui lie cet homme à sa mère...

– Pardon de débarquer sans vous avoir prévenue, mais je n'avais pas votre numéro de téléphone, seulement votre adresse. Je cherche Rose.

– Elle est ici.

– Ah, bon !

Le soupir est si profond, accompagné d'un tel relâchement de tout le corps, que Sophie s'aperçoit qu'elle l'a laissé debout dans l'embrasure de la porte d'entrée, et qu'il risque de tomber de fatigue.

– Entrez.

Georges fait trois pas ; il tient à la main un sac de voyage qu'il ne pose pas.

– Elle va bien ?

– Oui. Non. Pas tout à fait. Asseyez-vous.

Il n'en fait rien.

– Qu'a-t-elle ?

– Une dépression...

– C'est ma faute, je m'en doutais. J'aurais dû venir plus tôt.

Il parle comme si Sophie n'était pas là – ou plutôt était au courant de tout.

– Je peux la voir ?

– Bien sûr, je vais la prévenir. Ôtez votre manteau...

Il consent enfin à lâcher son sac, à se dépouiller de son trench-coat qui lui donne un air américain. Sophie le lui prend des mains pour le suspendre.

– Attendez une minute. Vous comprenez, elle est couchée, elle dort peut-être, je vais voir...

– J'arrive de Limoges, lance Georges en direction de Sophie qui s'éloigne. J'ai vu que la maison était fermée et j'ai pensé tout de suite qu'elle était ici, avec vous.

Sophie sourit sans commenter, et, après

avoir franchi le couloir, entrouvre doucement la porte de la chambre de sa mère.

Rose est assise dans son lit, les yeux ouverts, sur le qui-vive.

– Qui a sonné ?

– C'est pour toi, murmure Sophie qui redoute un choc.

– C'est Georges, dit tranquillement Rose.

Elle se laisse aller sur ses oreillers, ferme les yeux.

– Il désire te voir, répond Sophie d'un ton uni.

– Passe-moi la glace et mon peigne, fait Rose. Tu lui as dit que j'étais malade ?

– Tu n'es pas malade, Maman, tu es déprimée...

– Enfin, que j'étais couchée ?

– Oui.

– Bon, fais-le entrer.

Sophie retourne vers le salon, médusée : tout est si simple.

– Voilà, vous pouvez y aller. C'est la deuxième porte à droite dans le couloir.

Georges, qui a attendu debout, marche dans la direction indiquée.

C'est Sophie qui se laisse tomber dans un fauteuil, les jambes coupées. Ce qu'elle ressent de plus intense, c'est qu'elle est tenue à l'écart de ce qui se passe là, presque sous ses yeux, et qu'à vrai dire elle ne comprend pas vraiment.

L'amour, l'immense amour qui lie parfois une femme et un homme est un mystère pour les autres.

Pour eux aussi, peut-être.

Georges la saisit dans ses bras. Il la serre, la respire, l'embrasse sur les tempes, les cheveux, les lèvres, dans le cou.

Rose se dit que c'est bien Georges : il sait exactement comment se comporter pour rester dans l'essentiel.

Les gens ont parfois les mots justes, presque jamais les gestes. Cela exige une rectitude du cœur, toute bienséance oubliée. Ou plutôt en la réinventant, car chaque situation humaine se présente pour la première fois sur terre.

Rose serre aussi cet homme contre elle, embrassant ses oreilles, le creux de ses joues, murmurant quelques mots mal articulés, grognant un peu aussi, comme une chienne retrouvant ses petits qu'elle n'a quittés qu'un instant.

La chair a besoin de contacts. Supplie qu'on lui en donne, sinon elle se consume.

Au bout de quelques minutes, ayant piqué de petits bécots les deux bras de Rose, nus sous son déshabillé, Georges s'écarte afin qu'ils puissent se contempler.

Se parler.

D'autres chercheraient à s'expliquer, à se justifier. Pourquoi tant de silence, tant d'absence ?

Eux rient.

– Comme me voilà faite pour t'accueillir !

– Un peu maigrelette, il est vrai ; cela me permet d'apprécier la beauté de tes os... Quelles belles pommettes vous avez là, Madame ! Et ces clavicules...

– À exciter Modigliani ou le Greco, je sais ! Quant à toi, tu n'a pas mis trop de gras non plus... Le sport, l'exercice ?

– À vrai dire, l'ennui. Je m'ennuyais de toi. J'attendais le moment de te retrouver. Ces derniers temps, dès que je regardais par la fenêtre, je te voyais arriver : une petite Française traînant sa valise à roulettes sur mon trottoir... Et puis non, ce n'était jamais toi. J'ai commencé à me dire que tu devais avoir un empêchement sérieux, que c'était donc à moi de venir.

– Tu as bien fait. Tu comprends, c'est que...

– Je comprends.

Il s'est approché, l'embrasse sur les lèvres. À quoi bon reparler des leurs ? De Daniel, désormais mort ? De Lise qui ne reconnaît plus personne au fond de sa clinique ? Toute allusion, fût-elle compassionnelle, apparaîtrait comme l'aveu d'un soulagement : s'ils sont libres, aujourd'hui, d'être ouvertement dans les bras l'un de l'autre, c'est parce que ces deux êtres ont disparu, chacun à sa façon.

L'un et l'autre savent qu'ils ne l'ont pas souhaité.

Qu'ils n'ont rien fait pour que cela arrive.

Mais c'est la réalité.

Désormais, leur vie est à eux. Et chacun a envie de donner la sienne à l'autre.

Comme si la vie n'avait de sens que si elle est donnée.

L'énergie revient à Rose. Elle se remue un peu, ne comprend pas ce que c'est que ce courant qui la meut. Finalement, elle interprète le message de son corps :

– J'ai faim ! dit-elle.

Elle en a l'air tout étonnée.

– Je crois que moi aussi, dit Georges. Si on allait boire un chocolat aux *Deux Magots* ?

Rose éclate de rire.

– Tu as une mémoire d'éléphant !

– J'ai envie de tout recommencer par le début avec toi, mais dans la vérité...

– Nous n'y étions pas ?

– Entre nous, oui ; pas avec les autres.

– Tu crois qu'on aurait pu faire autrement ?

– J'ai eu le temps d'y réfléchir : je ne crois pas. Nous étions tenus.

Rose s'est assise sur le bord du lit, ses deux pieds nus posés sur le sol.

– Faut-il la mort des autres pour se sentir libre ?

Georges s'est levé :

– Cela arrive, et c'est tragique... Parfois, la libération arrive trop tard. La voie est devenue libre, mais les gens ne sont pas pour autant libérés. J'ai connu un homme et une femme qui ont attendu longtemps de pouvoir s'aimer : des obstacles familiaux, une guerre aussi... Quand ils se sont enfin retrouvés, cet homme a dit à cette femme : « Maintenant, je ne peux pas vivre avec toi, je n'en ai plus la force, je suis trop fatigué... »

Rose frissonne, tout son corps se tend :

– Et toi, qu'est-ce que tu me dis ?

– Je ne me suis jamais senti aussi jeune !

– Alors, jeune homme, sortez de ma chambre, le temps que je m'habille !

– N'oublie pas de mettre autour de ton cou...

– Ne t'inquiète pas, il a juste besoin d'être un peu repassé, mais il est flambant neuf. Comme nous deux...

L'un et l'autre savent que ce n'est pas vrai, du moins pour ce qui concerne leurs corps et ce que l'on nomme de nos jours l'espérance de vie. Peu leur importe : une autre espérance les accompagne, éternelle celle-là. Celle qui se nourrit sans compter de l'amour, jusqu'à devenir plus forte que lui.

« Elle n'a jamais cessé d'être avec nous ! C'est la *petite fille espérance* dont parlait Péguy, tué en 14 d'une balle en plein front », se dit Rose qui, malgré sa faiblesse, achève de s'habiller pour la première fois depuis des jours.

Avant de rejoindre Georges, elle noue autour de son cou quelque chose de bleu comme le ciel. La trame s'en est usée, les bords en sont effilochés, tels ceux d'un drapeau ayant connu la guerre.

Mais aussi la victoire.

Cet ouvrage a été composé par
Paris Photocomposition
36, avenue des Ternes, 75017 PARIS

Impression réalisée sur CAMERON par
BRODARD ET TAUPIN
La Flèche

pour le compte des Éditions Fayard
en mars 1996

Imprimé en France
Dépôt légal : mars 1996
N° d'édition : 4442 – N° d'impression : 6162N-5
ISBN : 2-213-59602-6
35-33-9602-02/0